CES LIBELLULES QUI ME FONT SIGNE

De la même auteure

Vous pouvez répéter la question ? Ces interviews qu'ils ne sont pas près d'oublier, Archipel, 2007
Coccinelle, Le Cherche midi, 2020 ; Pocket, 2021

À Tassadit, cette grand-mère inconnue
qui est entrée dans mon cœur,

À Aghdim, mon grand-père à qui je
n'ai pas osé poser de questions,

À Mohand, devenu Antoine, un père
dont j'ai hérité le sourire et l'optimisme,

À Anna, amoureuse de Mohand dès
le premier jour et mère aimante de trois
garçons et d'une petite dernière, moi.

Pauline B.

1

Pauline

> Le fantastique, l'au-delà, le rêve, la survie,
> le paradis, l'enfer, la poésie, autant
> de mots pour signifier le concret.
>
> Louis Aragon,
> *La Révolution surréaliste, n° 3*

Paris, boulevard Haussmann, 8 juin 2021,
trois heures et demie de l'après-midi,
sous un ciel bleu et pur

J'attends le bus 22. Une femme est assise sur le banc tandis que je patiente debout. Elle me regarde, je lui souris et détourne les yeux. Je sens qu'elle continue de me dévisager. Cela devient gênant.

— Vous attendez le bus depuis longtemps ?

— Depuis plus de dix minutes, dit-elle.

— Il ne devrait plus trop tarder alors…

Elle ne répond pas et plante à nouveau ses yeux d'un gris-bleu perçant dans les miens. Ses cheveux sont gris également, épais et sans apprêt. Une mèche balaie son visage. Elle porte une robe gris foncé – encore du gris, elle doit aimer cette couleur… Elle serre contre elle un grand sac fourre-tout. À son cou, une chaîne et un large médaillon avec, au centre, une étoile dorée que les rayons du soleil s'amusent à faire briller. J'ignore quel âge elle peut avoir. Soixante ou soixante-dix ans ? Quelque chose en elle me met mal à l'aise.

Je scrute le boulevard encombré de voitures et de motos ; toujours pas de bus, toujours ce panneau signalétique de la RATP en panne et toujours le regard pesant de cette femme sur moi. Je voudrais que cela cesse. Je suis sur le point de partir quand sa voix me fait sursauter. Le ton se veut chaleureux, mais il semble un peu forcé.

— J'aimerais vous dire quelque chose. Si vous me le permettez.

— À moi ?

— Oui. Je vous regarde depuis plusieurs minutes maintenant et…

— Oui, je m'en suis rendu compte.

— Vous risquez d'être surprise. Ne prenez surtout pas peur.

— Peur de quoi ?

— De moi. Et de ce que j'ai à vous apprendre.

Je suis happée par ce regard qui me retient prisonnière à mon insu. Je ne peux m'en détacher.

— Lorsque vous êtes arrivée, j'ai tout de suite été attirée par votre visage. Car une lettre est apparue sur votre front.

— Où ? Sur mon front ?

— Oui, un T est venu s'y imprimer. En lettre capitale.

— Mais cela n'a aucun sens ! Comment peut-on lire une lettre sur un visage ?

— Ne croyez pas que je délire. J'ai un pouvoir un peu spécial, celui de voir des signes…

— Vous êtes voyante ?

— Je préfère dire que je suis connectée. Connectée à l'Univers. Cette lettre signifie probablement quelque chose. Rien ne fait écho à ce T, dans votre vie ?

— Non, je ne vois pas.

— Cherchez bien… Vous allez forcément trouver.

Le bus arrive enfin à l'arrêt Haussmann-Miromesnil. La porte s'ouvre, et la femme s'empresse de s'y engouffrer. Je reste clouée sur place, incapable de bouger. Comme elle s'en aperçoit, elle se retourne et me demande :

— Vous ne venez pas ?

— Non, finalement je préfère marcher.

Et, avant que la porte du bus ne se referme, de me lancer :

— La lettre vous mènera sur un chemin. D'ailleurs, le T est toujours sur votre front !

Le bus s'éloigne en direction de la gare Saint-Lazare. Je suis abasourdie. Cette femme est-elle une illuminée ? Pourquoi s'est-elle trouvée sur ma route ? Une lettre est-elle vraiment apparue sur mon visage ? Et de quel chemin parle-t-elle ?

Dans la rue, je ne suis plus la même. J'ai l'impression de voir des T partout – sur les façades des immeubles, les vitrines des magasins, les portes des taxis, le bitume… Dans ma tête aussi, la lettre tourbillonne. Je réfléchis, fouille dans ma mémoire, mais rien ne semble relier ce signe à mon histoire.

Je me dis qu'il vaut mieux oublier l'inconnue du bus 22. Cette rencontre semble tellement loufoque. J'imagine déjà la tête d'Hugo, mon mari, si je lui racontais. Enfin… si j'osais lui raconter. Comme à son habitude, il finirait par me répondre : « Il n'y a qu'à toi que ce genre de dingueries arrive ! »

Malgré moi, la lettre T continue de m'obséder. C'est comme si elle s'était incrustée dans mon cerveau, à la manière des berniques accrochées telles des ventouses aux rochers. Je sens qu'il me faut en savoir plus sur cette vingtième lettre de l'alphabet pour la déloger de mon esprit.

Mes recherches commencent dans ma bibliothèque et se prolongent sur Internet. La lettre T a de lointaines origines hiéroglyphiques ; elle apparaît dans l'écriture phénicienne – la première à comporter un véritable alphabet – et se prononce *tav* ou *taw*, ce qui signifie

« signe » ou « marque sur le front ». Tiens, un premier élément d'information qui me relie à l'inconnue. Je continue. Le T se diffuse ensuite dans les écritures sémitiques, telles que l'araméen, l'hébreu, le syriaque, le grec, le latin, le proto-arabe… Mais la trouvaille la plus étonnante, je la dois au prophète Ézéchiel dans l'Ancien Testament. Selon lui, les habitants de Jérusalem sont tous promis au châtiment divin, sauf ceux qui auront été marqués au front de la lettre T en signe de salut :

Le Seigneur lui dit : « Passe à travers la ville et marque d'une croix au front [Tav] *ceux qui gémissent et qui se lamentent sur toutes les abominations qu'on y commet. » Puis j'entendis le Seigneur dire aux autres : « Passez derrière lui et frappez. N'ayez pas un regard de pitié, n'épargnez personne : vieillards et jeunes gens, jeunes filles, enfants, femmes, tuez-les, exterminez-les. Mais tous ceux qui sont marqués au front, ne les touchez pas »* (Ézéchiel 9, 4-6).

La lettre T imprimée sur le front est donc à la fois signe de piété et de survie, elle seule permettait d'échapper au Dieu vengeur du prophète. Je ne me sens vraiment pas une âme d'élue et Ézéchiel, qui, selon toute probabilité, écrit au VIe siècle avant Jésus-Christ, est trop apocalyptique pour moi. Il me faut encore chercher…

Dans l'univers grec puis orthodoxe, le T symbolise Dieu (*Theos*). Il faut attendre le VIIe siècle pour que le *tau*, bâton en forme de T, devienne le premier bâton pastoral des abbés et des évêques, symbole des bergers de la foi guidant leurs troupeaux de fidèles. Je pensais en rester là lorsque j'apprends qu'au XIIIe siècle, François d'Assise utilisait le *tau* pour parapher ses courriers et le dessinait même sur les portes des cellules de ses frères. Le fondateur de l'ordre franciscain voulait montrer par ce signe que les moines étaient les « serviteurs du fils de Dieu mort sur la croix », et il considérait que ce bâton de bois dépouillé exprimait au mieux leur mission auprès des plus pauvres. Mes recherches m'orientent ensuite vers la croix de Saint-Antoine, une croix tronquée à la manière d'un T arrondi. Ce symbole fut adopté par l'ordre de Saint-Antoine qui créa des hôpitaux dans toute la chrétienté et dont certains moines devinrent même les médecins officiels des papes. Pendant le Moyen Âge, les Antonins avaient la réputation de guérir du « mal des ardents » ou « mal de saint Antoine », une maladie du seigle presque aussi redoutable que la peste… Cette croix si particulière manifeste cette fois la protection, le soin et la guérison.

De quoi la lettre T est-elle donc le signe ? Je récapitule. Elle est d'abord un symbole d'élection divine dans la Bible, puis de sacrifice avec la référence à la croix du Christ, et enfin de protection car elle éloigne la maladie. En quoi ces indices peuvent-ils m'éclairer ? La lettre T sur mon front a-t-elle un lien avec la religion ?

Alors que je finis mes lectures, ma fille m'appelle depuis la salle de bains.

— Maman, tu peux me dire où tu as rangé mon bandeau noir ?

Je la rejoins. Elle fouille dans les tiroirs. Je me surprends à approcher mon visage du miroir, puis, avec un doigt, à dessiner un T sur mon front, dans l'espoir que cela m'évoque un souvenir ou une image. Mais non, toujours rien. Cette obsession devient chronophage et la lettre se confond de plus en plus avec un point d'interrogation. Comment ai-je pu me laisser embarquer dans cette quête insensée ?

— Mais Maman, qu'est-ce que tu fais avec le doigt sur ton front ?

Je bredouille une réponse et peste contre ma crédulité, me promettant de chasser de mon esprit ce signe importun. De toute manière, les vacances d'été approchent, nous partons dans deux semaines en Italie. D'ici là, j'aurai oublié la lettre T, l'inconnue du bus 22, le livre d'Ézéchiel, saint François d'Assise et la croix de Saint-Antoine ! Ah non, c'est vrai que nous allons en Ombrie, à une trentaine de kilomètres d'Assise…

Dans ma chambre,
nuit du 10 juillet 2021, nouvelle lune

— Grand-Père, tu n'es pas mort ?

Il est là, devant moi, allongé sur un lit. Je le veille. Il est vêtu d'un débardeur gris en laine tricotée, d'une chemise crème en popeline de coton et d'un pantalon de costume sombre. Je me tiens assise à ses côtés. Il a l'air si paisible. On dirait qu'il dort. Je le regarde et admire la grande moustache blanche style guidon qui lui donne tant de noblesse. Son crâne est lisse, son visage aussi. Les années l'ont épargné et sa beauté me frappe. Mes yeux se posent alors sur ses mains, et je crois voir celles de mon père. J'observe les miennes et reconnais les mêmes doigts effilés : aucun doute, ces mains-là nous lient et nous relient, par-delà les années et les générations.

Soudain je m'aperçois que mon grand-père – il s'appelle Aghdim – entrouvre l'œil droit, puis l'ouvre complètement. Il me semble aussi que sa main droite se réveille. D'abord le pouce, puis l'index… Maintenant c'est l'œil gauche qui s'ouvre, et je vois son visage s'animer et son regard s'illuminer. Ses yeux plongent dans les miens. Il me sourit ! Dans ce sourire, le bonheur. Un amour infini aussi.

— Grand-Père, c'est incroyable, tu reviens à la vie !

— Oui, ma petite-fille, je reviens. C'est si bon de te retrouver… Et je vois que tu portes toujours les cheveux longs. Je suis encore plus heureux.

— Ah, toi et les cheveux longs… Tu n'as pas changé, Grand-Père !

Il éclate d'un rire franc qui me semble emplir la pièce.

— Tu sais, quelques mois après ta mort, j'ai parfois eu le sentiment d'apercevoir ton visage, avant de m'endormir. Et tu me souriais sur le mur de ma chambre. C'était toi qui…

— … qui étais là, oui. J'avais besoin de te retrouver.

— Et puis, un beau jour, tu as disparu. J'avais beau t'appeler, tu restais introuvable.

— Je me suis éloigné.

— Mais pourquoi ?

— J'avais des choses à régler.

— Quelles choses ? Je ne comprends pas.

— Bientôt tu comprendras. Tu sais, je crois que je vais bientôt rentrer chez moi. Dans cinq ou six jours.

Je suis sur le point de l'interroger encore quand un poids vient soudain écraser ma poitrine. Je me réveille en sursaut. Dans la première lumière du jour, je me trouve face au museau de ma chatte Duchesse. Ses yeux jaunes comme deux petits soleils me regardent fixement. Je glisse la main dans sa fourrure noire et son ronron rauque et puissant me sort définitivement de mon sommeil. Vingt-cinq ans que je n'ai pas revu mon grand-père et voilà qu'il m'apparaît en rêve et qu'il me parle ! Et quel rêve !

Au petit déjeuner, Hugo, mon mari, me regarde avec insistance :

— Tu as les yeux qui brillent, ce matin.

— Je me sens si bien…

— Ah bon, pourquoi ?

— Si tu savais !

— Je donne ma langue au chat.

— À laquelle ? Duchesse, Cléo ou Mojo ?

— Aux trois ! Allez, dis-moi.

— Figure-toi que mon grand-père paternel est venu me rendre visite cette nuit.

— Qu'est-ce que tu me racontes ?

— Oui, je l'ai vu. Et incroyablement bien. Enfin… dans mon rêve. Il était allongé devant moi, mort, et il a ressuscité.

— Ah bon ?

— Il m'a même parlé.

— Et qu'est-ce qu'il t'a dit ?

— Je me souviens surtout de sa dernière phrase : « Je crois bien que je vais bientôt rentrer chez moi. »

— Chez lui ? Mais c'est où, chez lui ?

— Après son départ de Kabylie, dans les années 1930 si je me souviens bien, Grand-Père a vécu toute sa vie à Paris. Mais pas n'importe où, dans une chambre d'hôtel.

— Ah bon ?

— Hugo, s'il te plaît, arrête avec tes « ah bon ? », ça devient agaçant !

— Pardon, ma chérie. Tu ne m'en avais jamais parlé.

— Si, mais tu as oublié ! J'ignore en fait si Grand-Père veut retourner dans sa chambre d'hôtel à Paris ou dans ses montagnes en Kabylie…

— Tu en parles au présent, comme si c'était réel. Peut-être que ton grand-père va se manifester cette nuit… me dit-il en riant.

— Oui, tu as raison, il pourrait revenir cette nuit pour me donner plus de détails.

— Eh bien, rendez-vous demain matin pour *Le Retour du grand-père*, série 1, épisode 2 ! En attendant, je repars dans la vraie vie, moi. Et m'en vais travailler de ce pas.

Quelques minutes plus tard, j'entends la porte de l'appartement qui se referme, c'est presque un soulagement. Je prends une profonde inspiration et regarde par la fenêtre. L'été ruisselle de lumière, le ciel est gai. Dans mes yeux, le beau sourire de mon grand-père lorsqu'il s'est réveillé de sa nuit éternelle. Instant magique. Je suis encore si troublée de l'avoir revu et d'avoir entendu sa voix. Les traits de son visage, la texture de sa peau, la vivacité de son regard. Le contact m'a semblé si intense, si réel, incroyablement réel. Me revient alors à l'esprit cette question que posait – bien avant Freud – Joseph Joubert à son ami Chateaubriand : « Le rêve serait-il la moitié d'une réalité ? »

Après son décès en 1996, il m'était arrivé quelquefois de rêver de mon grand-père Aghdim. Mais ses apparitions demeuraient floues, furtives, incertaines. Comment est-il possible de se manifester avec autant de netteté après toutes ces années ? Comme si le temps s'était arrêté depuis sa mort, il y a vingt-cinq ans. Je me demande aussi pourquoi j'ai rêvé de lui et pas de mon père Mohand, son fils, mort il y a deux ans. Ou de ma mère, Anna, décédée auparavant. Autre chose m'intrigue, c'est la façon dont mon grand-père était habillé dans le rêve. Car cette chemise et ce débardeur, ma fille Lou les a récemment retrouvés dans ma garde-robe et elle les porte souvent. Mode *vintage* oblige ! Serait-ce un clin d'œil du ciel célébrant les retrouvailles d'un aïeul et de son arrière-petite-fille ?

La nuit venue, je me couche, espérant que mon grand-père revienne. Je ferme les paupières et attends. J'ouvre aussi plusieurs fois grand les yeux, au cas où il surgirait. Résultat, une nuit blanche et un sentiment de désarroi mêlé de tristesse. Je rejoins Hugo qui a dressé la table du petit déjeuner et m'attend en lisant ses e-mails.

— Alors ? Bien dormi ? Et tu as revu ton grand-père ?

— Non, RAS, rien à signaler. Sauf que je n'ai pas fermé l'œil de la nuit. Ne te moque pas, s'il te plaît.

Mon mari n'a pas l'air plus déçu que cela et poursuit la lecture de son courrier. Moi, je le suis à en crier. Heureusement le temps est toujours au beau fixe ce matin et le soleil reste mon meilleur ami.

Dans mon salon, après-midi du jeudi 22 juillet 2021

Les nuits suivantes ne sont pas plus fructueuses et bientôt mon rêve ne sera plus qu'un souvenir. Pourtant, plus je réfléchis et plus mon intuition me convainc que ce songe n'est pas anodin : et si mon grand-père cherchait à me transmettre un message ? Mais la raison se méfie de l'intuition et je sais d'expérience qu'elle a le pouvoir de briser l'espérance en mille morceaux.

Alors que je suis plongée dans mes pensées, ma fille Lou surgit dans la pièce, toute fraîche malgré la chaleur étouffante :

— Tu as vu, Maman, j'ai retrouvé l'un de tes colliers !

À son cou, une chaîne argentée avec, en pendentif, un grand T en lapis-lazuli. Je n'en reviens pas. Encore cette lettre qui me hante et me poursuit. Dire que c'est ma propre fille qui me ramène à l'inconnue du bus 22 ! Dire que j'avais acheté ce collier il y a plusieurs années dans une brocante et qu'il traînait depuis au fond d'un tiroir !

— J'adore le bleu vif de ce T, tellement pop ! Et avec mon tee-shirt blanc, tellement stylé. Tu l'aimes bien, toi, Maman ?

— C'est complètement fou, ce qui m'arrive…

— Mais de quoi tu parles ?

— Je t'expliquerai plus tard.

— Oui, plus tard. Constance m'attend, faut que j'y aille.

Cette lettre au cou de ma fille est un électrochoc. Tout d'un coup, je prends conscience que mon deuxième prénom commence par la lettre T. Mais oui, bien sûr, comment ai-je pu l'oublier ? Je suis Pauline pour l'état civil, mais aussi Tamila, un prénom qui me relie à la Kabylie – et à mon grand-père. C'est lui qui avait tenu à ce que ses quatre petits-enfants portent un prénom kabyle. Alors, ce T imprimé sur mon front, serait-ce un signe qu'il m'aurait envoyé et non, comme je le supposais, un symbole religieux ? Et ce rêve d'il y a cinq nuits, est-il prémonitoire ? J'entends encore les mots prononcés pendant mon sommeil et j'éprouve le besoin de les répéter à haute voix : « Oui, ma petite-fille, je reviens. Et tu sais, je crois bien que je vais bientôt rentrer chez moi dans cinq ou six jours. »

Je ne tiens plus en place et décide de sortir prendre l'air, mais dehors, on continue d'étouffer. Dans mon cerveau, ça chauffe aussi : signe, rêve, message, que d'énigmes à démêler et élucider ! Et pourquoi moi ? Pourquoi en 2021 ? Et puis il y a cette voix intérieure qui me répète avec insistance : « Tu as une mission, Pauline, tu as une mission… »

Et si j'avais réellement une mission ?

2

Aghdim

Regarde le soir comme
si le jour y devait mourir ;
et le matin comme
si toute chose y naissait.

André Gide,
Les Nourritures terrestres

Village d'At Tiznit en Grande Kabylie,
à l'aube du troisième jour de la septième lune
après Yennayer, août 1927

La montagne Djurdjura sort de la nuit,
Une lumière orangée éclaire les sommets,
Un rayon de soleil franchit l'horizon.

La vallée se réveille,
Le jour se lève.

Sur le pas de notre maison perchée sur les hauteurs du village d'At Tiznit, je reste immobile et respire les parfums de l'aube. Je tends les bras vers l'immensité du ciel et remercie Dieu pour chaque jour qu'il m'offre. Je demande aussi au Très Miséricordieux de bénir ma famille, mon village et ma tribu, les Aït Sedka. Heureusement que mon père ne me voit pas, il m'aurait demandé de m'agenouiller pour la *salat sobh*, la prière du matin. Au loin, j'entends japper un chacal. Chez nous, ce cri perçu le matin porte bonheur.

Chaque été, mon père n'oublie jamais de me rappeler ce proverbe qu'il tient du grand-père de son père : « *Tufid tabexsist tewwa, heyyi asghar i ccetwa.* À la première figue mûre sur l'arbre, prépare du bois pour l'hiver. » Alors, quand arrive le mois d'août, c'est à moi d'aller couper des fagots et d'empiler le bois sec dans la cour de notre maison. Et je ne peux discuter les ordres de celui qui m'a donné la vie, je suis son seul fils et je n'ai que dix-huit ans.

Il est temps de partir, le chemin sera long jusqu'aux abords de la forêt d'At Ouabane. J'entends déjà Tila qui piétine et ronge la barrière en bois de l'enclos. Tila, c'est notre mule blanche avec trois taches noires sur l'encolure. Elle a faim, mais elle devra attendre pour manger les feuillages encore verts des sous-bois. Pour moi, quelques figues séchées, des piments et deux *kesra*, des galettes d'orge roulées dans la graisse de mouton.

L'été, en Kabylie, on ne pense qu'à une chose : faire des réserves. Et dans toutes les familles, on s'emploie à remplir les *ikufans*, ces grandes jarres de terre où l'on entasse le blé, l'orge, les caroubes, les fèves, les pois chiches, les lentilles, les haricots et même les glands. Dans nos montagnes, l'hiver semble parfois s'éterniser, la neige recouvrant les chemins et isolant les villages bien après la fête de Yennayer, le premier mois de l'année. L'an dernier, les jarres des familles les plus pauvres étaient tellement vides que les mères ont dû préparer des soupes de tiges de chardon et des couscous de glands.

Je longe l'oued Tduni, presque à sec. Pas une seule goutte de pluie n'est tombée depuis la fin du printemps. Encore deux heures et j'emprunte un sentier raide qui monte vers les sommets. Beaucoup de cactus, des *takermusts*, qu'on appelle les « figuiers des chrétiens », et des *azzugars*, buissons épineux aux fleurs jaunes qui résistent au soleil. Plus on grimpe, plus les figuiers se font rares et moins les parfums d'été sont intenses. Tila ralentit la cadence, elle a l'air de s'endormir ; un coup de talon et elle retrouve son rythme. Nous passons devant un buisson de mûres et j'en cueille deux grosses poignées. Ça fond dans la bouche. J'en propose à Tila, elle se régale aussi. Nous continuons à avancer et entrons dans une forêt d'érables, de frênes et de micocouliers ; j'aperçois même quelques cèdres – mon grand-père m'a appris à les reconnaître, mais lui seul a vu la forêt de cèdres du djebel Babor, là-bas, vers la grande mer. Je repère un tronc à moitié couché sur le sol, et déjà sec, un chêne qui a été touché par la foudre. Chez nous, ces arbres sont sacrés. On dit que ce sont les gardiens des âmes, et c'est *haram* – interdit – de les abattre, s'ils sont près d'un cimetière. Mais ici, au milieu de la forêt, il n'y a pas la moindre tombe. Je fais une prière pour éloigner les démons de la montagne et commence à couper les branches les plus basses.

Déjà midi au soleil, et Tila croule sous les fagots, je crois que je l'ai un peu trop chargée. Je m'approche d'elle, colle ma bouche contre son oreille et la remercie d'être aussi courageuse. Puis je prends sa tête entre mes mains et l'embrasse tendrement. Je suis sûr qu'elle me comprend.

Il est temps de redescendre. Je mets la capuche de mon burnous d'été pour me protéger du soleil et décide de prendre un raccourci, mais le sentier est escarpé et Tila glisse sur les pierres tranchantes. Si jamais il lui arrivait malheur, mon père ne me le pardonnerait pas ; c'est notre seule mule, et il ne pourrait plus faire son travail de colporteur… Je demande à Allah de la protéger et, tant bien que mal, nous parvenons tous les deux en bas de la montagne. Encore quelques pas, et nous atteindrons un bras de l'oued encore en eau : Tila pourra boire et moi, me rafraîchir. Un grenadier dont les branches sont lourdes de fruits me tente, j'en saisis un, ôte la peau et croque dans les grains. Je les recrache aussi vite, la grenade n'est pas mûre et me laisse un goût amer dans la bouche. J'ai si soif.

Des brebis nous coupent la route, un tout jeune berger les suit, des figues plein les mains. Plein la bouche aussi. Nous voilà enfin au bord de l'eau, à l'ombre d'un figuier géant.

Je suis en train de manger ma dernière *kesra* avec quelques piments quand j'entends un gazouillis de voix et de rires. Je me lève et observe, caché derrière le tronc de l'arbre. J'aperçois alors une dizaine d'enfants et, parmi eux, une jeune fille à la taille élancée et aux longs cheveux noirs qui ondulent sur ses épaules et sa poitrine. Son visage m'est inconnu ; pourtant, nous sommes près d'At Tiznit, et je pense m'être renseigné au moins une fois sur toutes les filles à marier des villages alentour. Les enfants se donnent la main et font une ronde autour d'elle.

— Tassadit, une chanson, une chanson ! se mettent-ils à crier.

Tassadit serait son nom ? Mais de quelle famille est-elle ? Et de quelle tribu ?

Elle se met à chanter, en vieux kabyle, une mélopée que fredonnait ma grand-mère, l'histoire d'une maman ourse qui, pour protéger ses petits, monte toujours plus haut dans la montagne. Et à la fin du chant, on comprend que la maman ourse, c'est le peuple kabyle réfugié dans le Djurdjura…

Ses pieds nus commencent à fouler la terre chaude, sa chevelure brille au soleil, ses bras bougent avec grâce, elle danse. Je ne peux détacher mon regard de cette jeune fille, elle est si lumineuse dans sa robe blanche. Voilà qu'elle rompt la ronde, court vers la rivière et veut tremper ses pieds dans l'eau fraîche. Je me cache un peu plus derrière le figuier, quand j'entends un claquement sec d'ailes dans les branches, ce sont deux tourterelles que je viens d'effrayer. Je les suis des yeux, elles volent vers Tassadit, tout comme les enfants qui courent derrière elle.

Et si ces deux tourterelles, c'étaient nous ?

Lorsque Tassadit revient sur la berge, elle tient à la main une fleur jaune pareille à une étoile. Elle la glisse dans ses cheveux et se met à tourner sur elle-même, les bras levés au ciel. Les enfants se rassemblent autour d'elle et font de même. Dans ce tourbillon de têtes et de bras tendus, je ne vois plus que l'ovale de son visage, ses pommettes hautes, et ses grands yeux noirs qui semblent m'entraîner. À bout de souffle, les petits se laissent tomber dans l'herbe et, au milieu, Tassadit est étendue sur le dos, le visage face à la lumière. Ils rient. Il me semble qu'elle est la fille de la Terre et du Soleil, celle qui sourit à la vie et envoûte le cœur des hommes. Je les regarde s'éloigner vers un piton qui se détache dans le ciel, et je comprends qu'ils rejoignent le village d'At Korban, à une demi-heure de notre maison. Tassadit, elle, reste dans mes yeux.

Je cueille quelques figues violettes, mes préférées, et m'adosse contre l'arbre. Je respire avec délice le parfum de la première, tiédie par le soleil, et détache le pédoncule d'où sort un mince filet de lait. Je retire la peau et laisse fondre dans ma bouche la chair pour mieux en savourer le suc. Et puis encore une, et une autre encore. C'est si bon. Un léger vent bruisse dans les branches, je ferme les yeux. Tassadit est toujours là. Je vois le soleil briller dans l'éclat de ses yeux de jais. Je me lève et vais m'étendre dans l'herbe sèche, là où elle vient de s'allonger. Je plaque les bras contre la terre pour sentir sa présence, son corps, son parfum que j'imagine aussi sucré qu'une figue violette. Je regarde le ciel bleu et demande à Dieu qu'il me permette de la revoir. Si seulement les tourterelles revenaient, ce serait un bon signe…

Quel âge a-t-elle ? Quatorze ans ? Quinze ? Est-elle déjà promise ? De quelle famille d'At Korban est-elle ? Je poserai ces questions à mon cousin Idras, qui habite son village avec ma tante Baya. Avant de partir, je froisse une feuille de figue dans mes mains pour les parfumer ; je les porte à mon visage et inspire profondément. Je me sens heureux.

Je retrouve Tila, et nous nous dépêchons de rentrer à la maison. Lorsque nous arrivons, mon père m'attend devant la porte. Il trouve que la mule a beaucoup transpiré et n'a pas un mot pour moi.

Village d'At Korban,
fête de la Rencontre du printemps,
troisième lune après Yennayer, mars 1928

Le jour va bientôt se lever. Dehors, on entend déjà les premiers youyous qui annoncent *Amenzu n tefsut*, la Rencontre du printemps. Tout le monde doit se faire beau pour la fête, moi, je me fais beau pour Tassadit. Sept mois que j'attends de la retrouver et, depuis que je l'ai vue, elle n'a quitté ni mes pensées ni mes rêves. Cette nuit, je n'ai presque pas dormi. Je me suis encore imaginé le moment où je lui dirai : « *Hemlegh-kem.* Je t'aime. »

C'est mon cousin Idras qui a eu l'idée de m'inviter dans son village, puisque lui et sa famille étaient venus chez nous l'année dernière. Il est le seul à savoir pourquoi je tiens tant à venir à At Korban.

Idras a dix-huit ans comme moi, et bien que nous ayons le même âge, je le considère comme un grand frère, il est si protecteur avec moi. Même Tila semble pressée ce matin. Elle marche vite, allant d'une touffe d'herbe à l'autre. Autour de moi, la nature est toute verte, vert sauge, vert olive, vert menthe, vert mousse, vert cresson… Et les amandiers sont déjà couverts de milliers de petites fleurs blanches. D'arbre en arbre, on entend chanter mésanges, chardonnerets et sittelles. J'ai l'impression de revivre, l'hiver m'a semblé si long…

À l'entrée du village, des petites filles, couronnes de fleurs et de feuilles dans les cheveux, accueillent le printemps et chantent en rythme.

Leesslama-m, a tafsut,	Sois le bienvenu, printemps,
An negguggug an netkuffut	Nous fleurirons et nous nous épanouirons
An netnernay am tagut,	Nous grandirons comme la brume,
Di leenaya n Gebrayn elyut.	Avec la protection de l'ange Gabriel.

J'ai à peine mis pied à terre que des enfants accourent et se ruent sur Tila, des brassées d'herbe dans les mains. Elle profite du festin alors que j'attends Idras qui ne devrait plus tarder.

— Après tous ces mois, je suis heureux de te revoir, Aghdim !

— Moi aussi, cousin.

— Dis donc, je me demande bien pour qui tu t'es fait aussi beau…

Je souris et il m'observe, complice. Nous rejoignons la fête. Il n'y a qu'à suivre les youyous des femmes et les flûtes des hommes. Mon regard est soudainement attiré par quatre jeunes femmes aux yeux noircis de khôl, qui dansent au son de tambourins, chacune agitant dans l'air une fleur de la couleur de la robe qu'elle porte, jaune, rose, orange, violette… Je crois reconnaître Tassadit – mêmes cheveux noirs, mêmes lèvres, mêmes fines chevilles. Mais non, ce n'est pas elle. « Pas encore elle », ne puis-je m'empêcher de penser.

— Allez, viens, Aghdim. Ma mère nous attend. Si tu ne vas pas la saluer, elle croira que tu lui manques de respect.

Plus on marche, plus les parfums d'épices sont forts. Nous retrouvons ma tante Baya à l'aire de battage du village. Pour la fête, les grandes dalles de pierre où l'on ramasse le blé et l'orge durant l'été ont été recouvertes de nattes. Elle cuisine à même le sol avec toutes les villageoises, au milieu de guirlandes de piments rouges, de jarres de fèves, de bouquets de feuilles de menthe séchée, de branches de cardon et de tas de semoule de différents grains.

Ma tante, c'est une petite femme avec de jolies rondeurs et des yeux vert-gris en amande, mais surtout pleine de gentillesse et toujours gaie. Elle me prend dans ses bras, me regarde droit dans les yeux et me dit que je suis devenu un beau jeune homme à marier, tout comme son fils Idras. Je souris et lui murmure à l'oreille qu'elle a l'air d'une jeune fille dans sa robe beige et rouge serrée à la taille par sa ceinture rebrodée d'or de femme mariée. Elle rit tout bas et m'interdit de le répéter sous le regard étonné de son fils. Il croit qu'on se moque de lui, mais je le rassure.

Comme tous les ans, elle est allée cueillir des herbes aromatiques au petit matin afin d'honorer le « verdissement de la nature » et les cuisine dans un savoureux *ameqful*, le bouillon qui mijote dans une grosse marmite noire. Que des herbes, car les légumes ne sont pas encore sortis de terre ! Elle a juste le temps de retirer du feu une grande poêle dans laquelle cuisent les *tahvult lekhlia*, les premières galettes de printemps. Elle les garnit de feuilles de menthe, d'oignons et de piments qu'elle mélange à de la graisse de mouton, les roule et nous les offre avec une généreuse poignée de figues séchées *tazart*.

Nous quittons Baya et partons, comme des dizaines de villageois de tous âges, vers les prés, les collines et les vallons, pour faire honneur au printemps. Un soleil déjà haut en ce début de saison nous chauffe le dos. Les garçons se poursuivent avec des branches d'églantier, les filles se tiennent par la main en chantant, et les moutons, pressés d'aller goûter l'herbe nouvelle, se cognent contre nos jambes. On aperçoit aussi les anciens qui fument sur la plus haute terrasse du village. Idras croise des amis. Je lui fais remarquer que je n'ai toujours pas vu Tassadit. Il me dit d'être patient : « Si le *mektoub* le veut, Aghdim, tu la retrouveras. »

La faim nous rattrape, et nous décidons de nous arrêter dans un pré pour manger nos galettes. Autour de nous, des tapis de longues et fines fleurs jaunes qu'on appelle les « tiges du prophète ». Idras me rappelle que l'on doit rapporter un bouquet de narcisses dans nos maisons, si l'on veut éloigner *al-ayn* – le mauvais œil – et se protéger de la maladie des yeux.

— Les narcisses, Aghdim, surtout n'oublie pas de les suspendre au-dessus de la porte d'entrée.

— Je le ferai, cousin. Et on les laissera jusqu'au printemps prochain, comme le veut la tradition.

Idras cueille deux narcisses – le premier est pour moi, le second, pour lui. Très sérieux, il se tourne vers moi.

— Passe la fleur devant tes yeux, et répète à haute voix :

Ur ttaçu nent walln-enney	Que nos yeux restent indemnes
Akkn ur ettadnent	Comme vous l'êtes vous-même,
Thellal n-Ennbi	Ô narcisses, puisse l'œil
T^tit i kw ent-iwalan aseggw	Qui vous regarde cette année
As-a a r a kw ent-iwalin qabel.	Vous regarder encore l'an prochain.

J'ai l'impression que l'on nous observe, et même que l'on rit de nous. À quelques dizaines de mètres, plusieurs jeunes filles nous sourient, sans oser s'approcher. Mon cousin me fait remarquer – bien fort pour qu'elles entendent – qu'elles sont aussi belles que les narcisses. Juste à ce moment, j'entends l'une d'elles crier.

— Tassadit, Tassadit, nous sommes là ! Viens avec ton petit frère.

Je me retourne, la cherche des yeux sans l'apercevoir et tout à coup elle m'apparaît.

Tassadit tient par la main un petit garçon de six ou sept ans et porte une longue robe écrue, avec une ceinture fuchsia, aux couleurs de son village. Autour de son cou, aucun bijou, mais un long collier de fleurs qui descend jusqu'à sa taille. Et toujours ses cheveux noirs qui ondulent sur ses épaules. Elle s'avance vers nous, les yeux baissés, comme on lui a appris à faire quand elle rencontre un jeune homme. Son petit frère lui lâche la main pour courir vers les filles, et Idras me donne une légère tape dans le dos, pour me faire comprendre que c'est l'occasion ou jamais de m'adresser à elle.

Je voudrais bien, mais aucun mot ne sort de ma bouche. Idras insiste et m'assène cette fois un coup beaucoup plus fort, qui me pousse littéralement vers elle. Tassadit se rend compte de notre jeu et ne peut se retenir de rire. Je retrouve la parole.

— Bonjour, Tassadit.

Son visage se fait soudain plus dur.

— Comment connais-tu mon nom ? Moi, je ne connais pas le tien.

— C'est... Parce que... Je t'ai déjà vue...

— Tu m'as déjà vue ? Mais où et quand ? Pourtant nos deux familles ne se connaissent pas.

— Tu as raison, mais l'été dernier, près de l'oued Tduni, tu es venue avec des enfants, et je t'ai regardée. Tu as chanté et même dansé.

— Et moi, pourquoi je ne t'ai pas vu ?

— J'étais caché derrière un figuier.

— Caché ?

— Oui, je revenais de la forêt d'At Ouabane où j'étais allé couper du bois. C'est là que je t'ai aperçue. Mais je n'ai pas osé te parler.

— Et toi, de quelle famille es-tu ?

— Je m'appelle Aghdim, du village d'At Tiznit, et je suis le cousin d'Idras par sa mère.

— Alors bonjour, Aghdim. Et au revoir !

Tassadit me tourne aussi vite le dos et rejoint ses amies pour éviter les bavardages. L'une d'elles lui tend un narcisse, et je la vois répéter les mots et les gestes que nous venons d'échanger, Idras et moi. J'implore Allah de la protéger de la maladie des yeux.

— Et si on allait au bord de la rivière ? lance Tassadit aux autres.

— On les suit, Idras ?

— Est-ce que j'ai le choix, cousin ? Moi, je t'ai mené sur le chemin de Tassadit, maintenant, c'est à toi de me trouver ma future !

Nous suivons le cortège à une distance respectable. Elles marchent devant sans jamais se retourner mais parlent suffisamment fort pour qu'on les entende. Le petit frère de Tassadit, un bâton dans la main, poursuit une brebis esseulée. Elle bêle de peur.

— Et si on jouait au jeu des énigmes ? propose une petite aux cheveux couleur de miel.

— Oui, oui !

— « Sans elle, on ne pourrait dormir », qu'est-ce que c'est ?

— Une maison, Beninna ! C'est ça ?

— Non.

— Une porte ?

— Non, Nélia, mais tu as presque trouvé.

— J'ai deviné, c'est une natte !

— Gagné, Thanina ! À toi de nous donner une énigme.

— Si je vous dis : « Elle est aussi grande qu'un gland, douce comme le miel, et amère comme le fiel », qu'est-ce que c'est ?

— Je connais la réponse, c'est une olive !

— Bravo, Tassadit ! À ton tour, maintenant.

— Laissez-moi réfléchir… Voilà ! « Elle traverse la rivière sans se mouiller. » Qui est-ce ?

— Une tourterelle ?

— Non, Thanina.

— Une âme ?

— Non, mais tu as presque raison, Hayda,

— Je sais, moi. La lune !

Tassadit rit.

— Non, Malha. Alors, puisque personne ne trouve la réponse, c'est… l'ombre.

— Celle-ci est pour toi, Tassadit. « Je le regarde, il me regarde. » Qui est-ce ?

— Je crois que j'ai deviné, Fariza. C'est le garçon qui m'a dit tout à l'heure : « Bonjour Tassadit. » C'est ça ?

Les filles éclatent de rire et se retournent vers nous.

— Aghdim, tu as entendu ? me dit Idras. Je crois qu'on parle de toi.

Nous arrivons près de la rivière. Toutes se mettent à courir en se tenant par la main, puis se séparent et roulent dans l'herbe pour mieux sentir la terre, comme le veut la Rencontre du printemps. Et plus on fait de roulades, plus on s'imprègne des parfums de la saison qui vient. Elles crient et rient. Tassadit se relève et entonne un refrain traditionnel qui célèbre la déesse de la nature. Les filles l'entourent et tapent dans leurs mains. Nous restons à distance car, si jamais les gens du village nous voyaient trop proches, il en irait de leur honneur. Idras veut aller tremper ses pieds dans l'eau. Les filles nous rejoignent. Il y a même des biquettes qui viennent se rafraîchir. Le petit frère de Tassadit commence à nous arroser, c'est le début d'une bataille. Encore des cris et des rires. On s'interpelle, on s'éclabousse, on trébuche sans jamais se toucher…

L'eau est étonnamment chaude pour la saison, les derniers jours ont été si ensoleillés. C'est Tassadit, à moitié trempée, qui sort de la rivière la première. Elle me frôle. Nous nous regardons. Elle repousse les mèches qui lui tombent dans les yeux. Une libellule vient se poser sur ses cheveux. Je le lui fais remarquer à voix basse. Elle me répond qu'elle aime les libellules, et que, le jour de la rencontre du printemps, c'est un signe de bonheur. La libellule vient vers moi, puis s'envole dans le ciel bleu. Nos regards la suivent. Tassadit rejoint ses amies, et moi, Idras.

3

Aghdim

Poussières dans le vent :
nous ne sommes pas autre chose.
Mais au-dessus de la matière qui passe,
il y a l'esprit qui reste et qui continue à aimer…

Marie Barrère-Affre,
Poussières dans le Chergui

At Korban, 1348 après l'Hégire, octobre 1929

Tassadit vient d'avoir dix-sept ans, moi, vingt.

Deux ans que la Rencontre du printemps a réuni nos bouches et nos cœurs. Nous nous sommes mariés à l'automne, quand les *ikufans* débordent de céréales, de fruits secs, que les moutons sont encore gras et que la récolte des olives va bientôt commencer. Même l'imam a donné son accord à la fin du jeûne de quarante jours : « Un mariage heureux doit se célébrer le mois suivant le ramadan. »

C'est grâce à ma tante Baya que Tassadit est devenue ma femme. Comme ma mère est morte quand j'avais cinq ans et que mon père ne s'est jamais remarié, il est le seul à pouvoir décider qui sera mon épouse. Baya l'a d'abord convaincu de revenir sur son choix car il voulait que je me marie avec une fille de notre village. Ensuite, elle lui a recommandé de s'associer avec un autre colporteur pour vendre l'huile d'At Tiznit et les tissus d'At Korban sur les marchés de Kabylie. Cela a pris quelques semaines, mais un jour, mon père est allé lui demander quelle famille de colporteurs des environs aurait une fille à marier. Baya a fait croire qu'elle connaissait bien un foyer, mais que le père avait déjà promis une de ses filles qui s'appelait Tassadit... Mon père s'est entêté, persuadé qu'avec de bons arguments et une belle dot, on pouvait toujours s'arranger sur le « prix de la mariée ».

Comme le veut la tradition, les deux chefs de clan se sont rencontrés devant témoins pour fixer le montant, et il paraît qu'ils ont plus discuté bétail que mariage – mais je ne leur en veux pas. Ils ont aussi décidé qu'on travaillerait ensemble avec quatre mules : mon père et moi, nous vendrions les marchandises vers la Mitidja et les villages du couchant, tandis que le père et le frère de

Tassadit iraient vers la mer et le djebel Babor. Et mon père a accepté que nous n'habitions pas à At Tiznit, car Tassadit aurait besoin de sa mère et de sa grand-mère pour éduquer nos enfants.

Le jour de nos noces, nous nous sommes installés à At Korban, tout près de la *tajmaât*, au milieu du village, dans la maison de pierres sèches d'un grand-oncle décédé il y a des lunes. Mon père a bien voulu que j'emmène Tila. Heureusement, j'aurais eu du mal à partir sans cette mule, et je crois bien qu'elle aime Tassadit autant que moi.

At Korban, été 1932

— Je suis ta lune et tu es mon soleil !

— Non, Tassadit, c'est toi, mon soleil, et moi, je suis ta lune.

Tassadit attend un enfant. Il viendra avec le printemps. Je suis si heureux…

Quelques mois après notre mariage, elle est tombée enceinte, mais a perdu le bébé. Et de nouveau l'année suivante. Alors, des femmes du village lui ont conseillé d'aller déposer une offrande dans la grotte sacrée d'Ouerdja, et de poser ses mains et son ventre sur la roche humide. Un long voyage pour chasser le mal qui l'empêchait de donner la vie. Et le ciel nous a donné une troisième chance.

Cette fois, nous prenons toutes les précautions pour ne pas attirer le mauvais œil. Tassadit ne sort plus de la maison après le coucher du soleil, pour éviter les mauvais esprits, ceux qu'on appelle les « ravisseurs de mariées ». Elle ne doit pas croiser une autre femme enceinte, entrer dans un cimetière, ni surtout faire de poterie. Chez nous, on dit que la mère est la « potière de l'enfant », et que la femme qui attend un bébé ne doit ni toucher à la terre, ni crépir les murs.

Nous comptons les lunes qui nous séparent de la naissance. Souvent Tassadit m'emmène au potager, et ses yeux brillent quand elle me raconte ce qui se passe dans son ventre.

— Tu vois, Aghdim, ton enfant, en ce moment, n'est pas plus grand qu'une fève ou un pois chiche !

Le mois suivant :

— Maintenant, ton enfant a la taille d'un oignon ou d'une tomate…

Au fur à mesure que les légumes poussent, son ventre s'arrondit, et Tassadit est chaque jour plus joyeuse. À présent, elle marche plus difficilement, mais son ventre qui gonfle la rend toujours plus rayonnante et ne lui fait pas perdre son esprit facétieux.

— Tu ne trouves pas que je ressemble à une grosse courge ?

Et nous rions.

Les femmes kabyles sont d'habitude secrètes et pudiques, mais Tassadit, elle, caresse son ventre et parle au bébé devant moi sans la moindre gêne. L'autre jour, je l'ai entendue murmurer :

— J'ai hâte que tu arrives, la vie sera encore plus belle avec toi. Tu seras notre paradis.

Si ma femme me donne un fils comme premier enfant, je serai le mari le plus fier et le plus heureux d'At Korban ! Et on l'appellera Mohand, en hommage au Prophète. Si c'est une fille, Tamila, qui veut dire « tourterelle ». C'est moi qui ai choisi ce prénom, pour ne jamais oublier que, lorsque j'ai vu Tassadit la première fois, deux tourterelles se sont envolées vers elle. Comme pour me montrer qu'elles la choisissaient.

Au fond de moi, j'aimerais autant une petite fille qui lui ressemblerait... Mais je ne dois surtout pas l'avouer à mon père. Pour lui, seuls comptent les enfants mâles.

C'est la fin de l'hiver ; tous les matins, Tassadit descend à notre verger et observe l'amandier planté par son grand-père. À chaque rayon de soleil, ses branches semblent se couvrir de fleurs blanches et roses.

— Cet arbre, Aghdim, c'est le sourire du printemps. C'est lui qui fleurit le premier à la fin de l'hiver.

— Et tu sais comment on appelle les amandiers ?

— Non.

— « L'arbre de l'amour éternel », c'est ce que disait ma grand-mère.

— Et la mienne racontait qu'il fallait enlacer un amandier pour qu'un vœu se réalise.

J'aime la voir dénouer la large ceinture brodée qui soutient son ventre, repousser ses longs cheveux noirs en arrière et prendre l'amandier entre ses bras. Elle ferme les yeux et chante ; moi, je la regarde et reste silencieux.

Une voix intérieure me dit que notre amour sera éternel.

Un matin, j'ai eu très peur en la voyant remonter de la fontaine. Elle s'est pliée en deux de douleur et a poussé un cri. J'ai couru vers elle pour la soutenir et l'ai aidée à se coucher. Je n'ai plus voulu qu'elle quitte le lit jusqu'au lendemain.

Elle m'a assuré qu'il ne fallait pas que je m'inquiète car le bébé bougeait toujours dans son ventre. Je lui ai interdit de travailler dans la maison, mais elle se montre parfois aussi têtue que Tila ! Le bébé a poussé, le printemps aussi. Tassadit mange beaucoup, sa mère trouve qu'elle dévore comme un chacal affamé. Elle est gâtée par les femmes du village qui lui apportent chaque jour une galette grasse ou un beignet, parfois des noix ou des abricots secs.

Si nous avons bien compté les lunes, la dixième commence dans quelques jours. Je vais bientôt être père et Tassadit, maman.

At Korban, 1352 après l'Hégire, mai 1933

Au petit matin, Tassadit a commencé à ressentir de fortes douleurs et a perdu les eaux. J'ai couru réveiller sa mère et sa sœur, et elles sont allées chercher Ledha, l'*iqilba*, la sage-femme du village. J'ai serré Tassadit dans mes bras et elle a m'a dit tout bas :

— À ton retour, Aghdim, tu seras père.

Lorsque je la quitte pour notre oliveraie, je ne peux m'empêcher de penser que Dieu a voulu que moi aussi je donne vie à un arbre le jour où Tassadit va mettre au monde notre enfant. Aujourd'hui, en ce doux mois de mai, les oliviers ont assez de sève pour supporter une greffe… et renaître. J'ai tout préparé la veille, le couteau pour inciser le bois, le mastic qui protège des insectes, et le raphia pour bien serrer les greffons autour du tronc. Dans un an, c'est promis, j'emmènerai mon enfant voir le nouvel arbre.

Quand je retourne à la maison, Hayda, la mère de Tassadit, se précipite vers moi.

— Ton enfant est né, et c'est un fils !

— Un fils ?

— Oui, un fils !

— Dis-le-moi encore.

— Aghdim, Tassadit t'a donné un fils ! Et à nous, un petit-fils.

— Et Tassadit, elle va bien ?

— Elle voulait tellement te donner un fils… Il est en bonne santé, mais elle a souffert, beaucoup souffert. Elle a perdu du sang, on a cru que ça n'allait pas s'arrêter. Et maintenant elle se repose. Elle est très fatiguée, parle-lui doucement, elle t'attend…

À mon arrivée, Tassadit dort. Ses cheveux noirs font ressortir la pâleur de son teint. Sa sœur Dyhia me tend le bébé enveloppé dans une couverture. Je n'ose le prendre, mais Dyhia m'encourage du regard et dépose le petit dans le creux de mes bras.

Tassadit se réveille.

— Aghdim, tu es là ?

— Oui, je suis rentré.

Je m'approche avec le bébé.

— Mon soleil, tu m'as donné un fils, tu te rends compte ? Et comme Mohand te ressemble ! Il a tes yeux, tes pommettes, ta bouche. Ta beauté.

Elle me sourit. Des larmes s'échappent de ses yeux, je retiens les miennes. Elle est si faible qu'elle peine à parler.

— Aghdim, donne-moi mon enfant, j'ai besoin de le sentir contre moi.

Je pose délicatement Mohand contre sa mère. Elle caresse son front et fredonne une chanson tout près de son oreille. À bout de forces, elle demande à sa sœur de venir le prendre et se tourne vers moi.

— Ne me quitte pas, reste près de moi. Je me sens si fatiguée.

— Ne t'inquiète pas, Tassadit. Ta mère et ta sœur vont s'occuper du bébé, et toi, tu vas te reposer.

Je prends sa main dans la mienne et murmure :

— Depuis le premier jour, tu m'as rendu heureux. Mon amour est si grand, si fort pour toi, Tassadit. Dors, je veille sur toi.

Les femmes ont commencé les « onctions de la naissance », des fumigations qui protègent l'enfant des mauvais esprits, et la sage-femme m'a montré où a été enterré le cordon ombilical recouvert de cendres et de sel, comme le veut la tradition. Dehors, on entend déjà les premiers « appels à la joie » des voisines, et les coups de feu que tirent leurs maris en l'honneur de mon fils. Il me faudra accueillir mon père, et montrer aux villageois ma fierté d'avoir un garçon, mais mon regard peine à se détacher du visage de Tassadit. Elle est livide.

Elle semble endormie quand, tout à coup, elle gémit et tient son ventre avec ses mains. Son corps tout entier se met à trembler. Elle se réveille en sursaut, ouvre grand les yeux, le visage en sueur.

— Aghdim, j'ai chaud, j'ai soif. Donne-moi à boire ! Et mon fils, où est-il ?

— Il dort. Ne t'en fais pas. Ta sœur s'en occupe.

J'essuie son visage avec un linge et lui apporte de l'eau. Elle peine à se redresser, je passe mes mains autour d'elle pour la soutenir, quand je m'aperçois que du sang, beaucoup de sang, s'est répandu sur la natte. De la main, je fais signe à sa sœur et à sa mère.

— Aghdim, me dit sa mère, fais revenir Ledha ! Tassadit est brûlante, il faut qu'elle lui donne un remède contre la fièvre.

« La tombe d'une accouchée est ouverte durant quarante jours », ce vieux dicton kabyle résonne dans ma tête. Impossible de ne pas penser aux nombreuses villageoises mortes en couches. Je sors de la maison, la gorge serrée. Mes mains et mes jambes tremblent. J'ai si peur de la perdre, de tout perdre. J'implore Allah. Lorsque je reviens avec Ledha, la mère de Tassadit me dit de quitter la maison, que c'est aux femmes de la soigner, et qu'un homme ne doit pas voir ça.

Dehors la nuit est venue.
Pas d'étoiles dans le ciel noir.
Rien que des nuages.
Et un croissant de lune blafard.
Au loin la flûte d'un berger.
On dirait qu'elle pleure.

Ledha sort de la maison. Je lui demande si Tassadit ira mieux. « *Inch'Allah* », me répond-elle, et elle détourne le regard. Je me presse de retrouver ma femme qui réclame de nouveau notre fils. Je suis soulagé de voir Tassadit reprendre des forces quand soudain son visage se crispe. Elle se tord en deux. Sa sœur se précipite pour lui retirer le bébé des bras. Elle s'évanouit de douleur.

— Tassadit, Tassadit, je t'en supplie, rouvre les yeux ! Ton mari et ton fils ont besoin de toi, lui dit sa mère en épongeant la sueur sur son front.

Je reste là près d'elle, immobile, paralysé par la peur. Comme à l'âge de cinq ans, quand ma mère est morte devant moi et que ma grand-mère essayait de la ramener à la vie.

Tassadit revient à elle. Des cernes noirs sont apparus sous ses yeux.

Elle me demande de venir près d'elle.

— Aghdim, écoute-moi…

— Quoi, Tassadit ?

— Si jamais il m'arrivait malheur…

— Tais-toi, tais-toi ! Je t'interdis de parler de malheur. Avec toi je n'ai connu que le bonheur.

Sa mère lui tend une tasse de lait de chèvre.

— Bois, ma fille. Et puis il faut que tu manges. Tu n'as rien avalé depuis que ton fils est né.

— Je n'ai pas faim, Maman.

— Pour aller mieux, il faut que tu te forces.

Tassadit avale difficilement une bouchée de galette et une autre, d'agneau bouilli, puis me demande de lui amener son fils. Je prends Mohand dans mes bras et le pose doucement sur elle. Sa petite tête vient se loger dans son cou, et elle le tient serré contre sa poitrine. Je les embrasse l'un et l'autre. Tassadit me sourit.

— Tu es si bon avec moi, Aghdim.

Je les regarde s'endormir. Tassadit a l'air d'aller mieux, et Mohand est si paisible. Je rêve un long moment à la vie heureuse qui nous attend tous les trois. Je ne les quitte pas des yeux.

La lueur du jour entre dans la maison, et notre fils se met brusquement à hurler. Je me lève aussitôt pour le prendre dans mes bras, mais ses cris sont devenus des pleurs, son visage est tout rouge, et son petit corps est secoué de tremblements. Je me dis qu'il doit ressentir une très grande douleur, mais où a-t-il mal ? Comment soulager un bébé de quelques heures ? Hayda et Dyhia se réveillent à leur tour et s'en saisissent. Hayda tente de calmer Mohand, lui donne du lait et le berce. Il semble inconsolable. Malgré les pleurs de Mohand, Tassadit a toujours les paupières closes…

— Tassadit, est-ce que tu m'entends ?

Je lui caresse le visage, embrasse ses lèvres et son front, prends sa main dans la mienne. Mais elle reste inerte.

— Ouvre les yeux, je t'en prie, Tassadit, regarde-moi !

Elle ne réagit pas.

Hayda s'approche, touche ses joues et ses épaules, puis elle plaque son oreille contre sa poitrine.

— Respire, je t'en supplie, respire, ma petite fille…

— Oui Tassadit, respire. Ton fils et moi, on a besoin de toi !

Hayda relève la tête, soulève la couverture pleine de sang et me regarde, horrifiée. Je comprends alors que la vie de Tassadit s'en est allée.

Je sors de la maison et tombe à genoux, en hurlant de douleur. Un sentiment de révolte monte en moi. Les yeux et les bras levés vers le ciel, j'ose invoquer Allah à haute voix.

— Tassadit était la joie de vivre, pourquoi l'as-tu abandonnée ? Elle venait de me donner un fils ! Allah, pourquoi as-tu voulu que le malheur me frappe ? Que t'ai-je donc fait ?

Une pluie violente s'abat et recouvre mes pleurs. Hayda vient me relever. Elle me serre contre elle et nous pleurons longtemps, très longtemps. Puis elle essuie mon visage mouillé d'eau et de larmes.

— Tassadit est partie dans l'autre monde, mais elle t'a laissé un fils. Il ne faut pas blasphémer, Aghdim. Tu dois penser à Mohand, désormais. Et que louanges soient faites au ventre qui l'a porté, à ma fille bien-aimée.

Le printemps m'a donné un fils.

Mais il m'a pris Tassadit.

La lune a perdu son soleil.
J'ai peur de demain.
Et de tous les autres jours.

Cimetière d'At Korban,
en bas du village, mai 1933

Le lendemain, on a enveloppé Tassadit dans le linceul. Et quand on l'a mise en terre, je n'ai pu la quitter. Je me suis couché sur sa tombe, et j'ai pris la terre dans mes mains, comme si elle était encore dans mes bras. Ensuite, je ne me souviens de rien. Je me suis endormi, et un vent léger a caressé ma joue. J'ai ouvert les yeux. Une libellule est venue se poser sur mon bras. Elle s'est envolée et j'ai reconnu Tassadit dans la lumière bleue du ciel. Elle me souriait.

À ce moment, j'ai compris qu'il me fallait partir. Quitter le village, notre famille et notre tribu.

En Kabylie, un homme de mon âge ne peut rester veuf, et mon père voudra me remarier. Moi, j'ai donné mon cœur à Tassadit et jamais je ne pourrai aimer une autre femme et lui faire des enfants. Quant à mon fils Mohand, une femme saura lui donner plus de réconfort qu'un père meurtri. J'ai décidé de le confier à Dyhia, la sœur de ma femme, qui prendra soin de lui.

J'attendrai la cérémonie du quarantième jour pour m'en aller, le temps que l'âme de Tassadit revienne sur le seuil de notre maison. J'attendrai, car je veux qu'elle soit en paix. Moi, je ne le serai plus jamais et je veux être loin. Le plus loin possible de notre *kanoun*, le foyer de cette maison où j'ai été si heureux.

4

Mohand

Deviens ce que tu es.

Friedrich Nietzsche,
Ainsi parlait Zarathoustra

École-orphelinat des Pères Blancs d'Ouaghzen, Grande Kabylie, avril 1950

Dans quelques instants, la lourde porte en bois de l'orphelinat d'Ouaghzen se refermera derrière moi, et pour toujours. Je ne reverrai plus les missionnaires d'Afrique, ceux qu'on appelle chez nous les Pères Blancs.

Père Antoine me serre fort dans ses bras puis il prend mon visage entre ses mains.

— Mohand, n'oublie jamais ce que je t'ai appris tout au long de ces années : ton destin t'appartient. Il ne tient qu'à toi de changer le cours de ta vie, ne renonce jamais. Répète : *Il ne tient qu'à moi, il ne tient qu'à moi*. Mohand, tu as compris ?

— Compris, père ! Il ne tient qu'à moi.

J'ai la gorge serrée, mais je ne peux m'empêcher de sourire. Car, depuis que je le connais, il finit toutes ses phrases par : « Tu as compris ? »

Je suis sur le point de partir quand Père Antoine me rappelle.

— Mohand, attends, j'ai oublié de te donner quelque chose…

Je me retourne, et il me tend une chaîne avec une petite médaille qu'il a retirée de son cou.

— Tiens, Mohand. Que l'archange Gabriel t'accompagne et qu'il te protège. Tu sais qu'il est la *force de Dieu* et son messager. Pense toujours à le remercier, et qu'importe si c'est en français ou en kabyle ! Que tu dises Gabriel ou *Djibril*, il te reconnaîtra…

Son regard bleu se mouille de larmes, j'essaie de retenir les miennes.

— Merci, père. Mais je sais que vous tenez beaucoup à cette médaille, gardez-la.

— Non, elle te revient. Tu sais, c'est mon père qui me l'avait donnée. Au fond, je crois que j'ai voulu être un deuxième père pour toi. Bien plus qu'un missionnaire.

— C'est vrai, vous avez été différent. Et puis vous m'avez redonné l'envie de sourire.

— Adieu, Mohand.

Il referme ma main sur la médaille et la chaîne qu'il a enveloppées dans un mouchoir brodé.

— Adieu, Père Antoine.

J'entends un bruit sec et métallique. C'est la clé qui tourne dans la serrure. Cette fois, je me retrouve vraiment seul avec ma peur. L'impression d'être à nouveau abandonné m'envahit, comme lorsque j'avais sept ans, quand j'ai quitté mon grand-père, mon village, mes chèvres et mes montagnes. Aujourd'hui, après dix ans chez les Pères Blancs, je dois une fois de plus tout laisser derrière moi. Je pars sans savoir ce que je vais devenir.

Azal, un lointain cousin qui vit à Alger, m'a écrit pour me dire que j'irais rejoindre mon père à Paris. Mais est-ce vrai ? J'ai l'intuition qu'on m'a toujours caché la vérité, et qu'on me la cache encore… Mon père ne m'a envoyé en tout et pour tout qu'une dizaine de lettres dans ma vie, et c'était à chaque fois pour me souhaiter un bon Yennayer, une bonne année. Dans la dernière, au mois de mars, il m'annonçait qu'à dix-sept ans il n'était plus possible de rester chez les Pères Blancs.

Je descends la rue de l'orphelinat, aperçois au loin l'hôpital Sainte-Eugénie des Sœurs Blanches, et passe une dernière fois devant les cafés maures et le café des Chasseurs, un établissement pour Européens. J'arrive sur la grand-place de la ville et j'attends. Dans ma poche, j'ai juste assez d'argent pour un billet de troisième classe en autocar pour Michelet et Tizi-Ouzou, et ensuite le train pour Alger. Là-bas, Azal doit me retrouver à la gare centrale.

Dans le car, je ferme les yeux et me revois il y a dix ans…

Avec mon grand-père,
arrivée à l'orphelinat, avril 1940

J'ai sept ans, mon grand-père me tient par le bras et plusieurs fois je cherche à m'échapper… Nous arrivons devant la porte de l'orphelinat. Il me retient avec fermeté tout en sonnant la cloche. Le battant s'ouvre. Je ne le sais pas encore, mais je viens d'être confié à l'institution catholique des Pères Blancs. En quelques jours, on a fait de moi un orphelin et pourtant mon père est en vie ! De Paris, il a écrit qu'il ne pouvait pas venir me chercher en Kabylie et qu'au village il n'y avait plus de femmes pour prendre soin de moi. Alors il m'a officiellement déclaré *orphelin*, la condition pour entrer chez les Pères Blancs.

Je me sens abandonné par mon père, ma famille et tous les anciens du village. Mon cœur est déchiré tandis qu'on me baigne dans une grande bassine et m'enlève ma gandourah. On m'habille comme un *Roumi* ou un *Nazaréen* – c'est-à-dire à l'européenne –, avec une culotte mi-longue qui gratte et une chemise en coton. Je dois aussi enfiler de grandes chaussettes et mettre des brodequins qui serrent tellement les chevilles que, les premiers jours, ils me font tomber. Les autres orphelins – les vrais, ceux qui n'ont ni père ni mère – en ont profité pour se moquer de moi. Je n'ai jamais compris pourquoi les Pères Blancs s'habillaient comme les Kabyles, avec leur gandourah blanche à capuche, alors que nous, les enfants de la montagne, on devait ressembler aux fils des colons français de Fort-National !

Heureusement, tout le monde parle kabyle à l'orphelinat, les pères comme les enfants, même si nous apprenons le français. D'ailleurs, au début, j'ai eu du mal à comprendre que le français était une langue, et la France, un pays. Ensuite, j'ai appris que l'Algérie était constituée de trois départements et que Tizi-Ouzou était une *sous-préfecture*. On m'a aussi expliqué qu'il y avait trois sortes de Français en Kabylie : les soldats, les colons, et les Pères Blancs, les *hommes de Dieu*, seuls à vivre avec les Kabyles, à parler leur langue et à les soigner.

Parfois, je ne supporte plus la vie à l'orphelinat, et je voudrais retourner garder les chèvres plutôt que rester des heures assis sur un banc à apprendre des choses qui ne m'intéressent pas et à me faire taper sur les doigts avec une règle en bois quand je regarde les montagnes. Si les pères se ressemblent tous, avec leur habit blanc, leur barbe et leur croix autour du cou, ils ne sont pas tous gentils. Mais il y en a un que j'aime bien, c'est le père Jean, notre maître pour les leçons d'orthographe et de grammaire. Il est si grand que, pour entrer dans la salle de classe, il est obligé de se baisser. Un vrai géant ! Il dit qu'en France, plus on va vers le nord, plus les gens sont grands. Je le crois, et j'imagine qu'une partie de la France, ce lointain pays, est peuplée de géants. Il sait aussi nous faire rire quand il nous apprend à écrire les lettres majuscules.

— Tu vois, Mohand, pour le B, pense au père Mathieu, celui qui mange pour deux… Donc tu traces deux gros ventres. Pour le D, là, tu ne formes qu'un gros ventre.

— Et pour le M de Mohand, comment je fais ?

— C'est simple : tu dessines deux montagnes Djurdjura !

— Et pour le O ?

— Tu t'imagines en train de gober un œuf.

— Et le S ?

— À toi de deviner…

— Je dessine un serpent !

À l'orphelinat, on rit peu et j'attends la nuit pour pleurer dans mon lit. Il m'est plusieurs fois arrivé de rêver que je me sauvais. Il m'est aussi arrivé d'y penser, éveillé, pas à cause des pères, mais des bagarres entre enfants. On n'arrête pas de se battre, nous, les orphelins, contre les fils de caïd et d'*amin*. Les caïds, ce sont les riches notables, et les *amins*, les chefs de village. Ils envoient leurs enfants à l'école des Pères Blancs pour qu'ils parlent français et obtiennent plus tard un poste dans l'administration. Leurs fils – qui rentrent chez eux tous les soirs – passent leur temps à nous traiter de « pouilleux », de « puces de gourbi » ou de « gardiens de chèvres ». Alors j'ai appris à me défendre, et maintenant je sais me battre.

Toutes les fois que mon grand-père me rend visite, et ce n'est pas souvent, je lui demande de me ramener au village. Mais sa seule réponse, c'est : « Tu verras, Mohand, un jour tu seras content de savoir lire, écrire et calculer en français. Mais n'oublie pas ta langue, le kabyle… »

Les quatre premières années à l'orphelinat m'ont paru très longues. Plus longues que nos hivers dans le Djurdjura. Et la tristesse ne m'a pas quitté jusqu'à ce matin de printemps où Père Jean a été mobilisé dans l'armée française comme infirmier. Le nom de son remplaçant : Père Antoine. Un petit homme costaud au crâne dégarni et à la barbe broussailleuse, avec des yeux aussi bleus que le ciel quand il fait soleil. Et puis, contrairement aux autres pères, il a l'air heureux. J'aime surtout sa tête quand il réfléchit : il pose son index sur sa bouche, repousse la lèvre supérieure vers ses narines et lève les yeux au ciel. Comme s'il attendait qu'il lui vienne en aide.

Depuis que Père Antoine nous fait école, j'ai pris plaisir aux leçons de français et je progresse. Ce qui me plaît, c'est qu'il termine toujours ses leçons par la lecture d'un conte kabyle ou d'une poésie française. L'autre jour, je lui ai dit que la poésie qui touchait le plus mon cœur, c'était *Demain, dès l'aube*..., de Victor Hugo. J'ai expliqué qu'on avait le même chagrin : lui a perdu sa fille de dix-neuf ans, et moi, ma mère. Il a paru étonné et m'a demandé :

— Ce n'est pas ta tante que tu as perdue, Mohand ?

— Non, père, c'est ma mère. Elle est morte quand j'avais sept ans. Et comme mon père a dû partir en France après ma naissance, on m'a mis à l'orphelinat.

— Donc c'est ta maman que tu as perdue ?

— Puisque je vous le dis, Père Antoine !

— Et ta tante, tu t'en souviens ?

— Non, pas du tout. C'est Maman qui me portait sur ses épaules pour aller à la fontaine.

Je n'ai pas compris pourquoi le père m'a regardé bizarrement tout en secouant la tête de gauche à droite, mais il n'a pas insisté. J'ai bien cru qu'il allait encore se mettre à regarder le ciel !

Si Père Antoine voit que je suis triste, il m'emmène dans ses promenades. Il aime nos montagnes autant que moi. Alors, tous les deux, nous partons respirer le parfum des fleurs, les odeurs d'herbe séchée par le soleil et les senteurs de terre mouillée par la pluie. Un jour, il m'a raconté que, dans une forêt, on reconnaissait l'arbre le plus vieux à sa taille gigantesque et aux rides qui creusent son tronc. Et cet arbre, on l'appelle l'« arbre-mère », parce qu'il protège tous les autres, m'a dit le père.

J'ai toujours aimé cette histoire. Lors d'une autre balade, un rayon de soleil est venu éclairer un petit galet noir tout lisse sur lequel j'avais glissé.

— Regardez ce que je viens de trouver. On dirait des ailes de papillon dessinées dessus…

Père Antoine, qui connaît aussi bien les insectes que les arbres, prend la pierre dans ses mains et l'observe avec la plus grande attention.

— Oui, tu as raison, Mohand, mais ces ailes allongées ne sont pas celles d'un papillon, plutôt celles d'une libellule. Oui, une libellule ! Tu vois, il y a quatre ailes, pas deux.

— Elle est pour vous, Père Antoine, car vous êtes l'ami de la nature.

— Non, garde-la, Mohand.

— Mais pourquoi, puisque je vous la donne avec mon cœur ?

— Cette pierre, c'est toi qui l'as trouvée, tu dois la garder. Un jour tu comprendras pourquoi elle s'est trouvée sur ton chemin…

Sept ans plus tard, juin 1947

Un matin, le père supérieur me convoque dans son bureau. Il a le visage encore plus fermé que d'habitude, et sa barbe blanche fait ressortir ses gros yeux noirs tout ronds.

— Mohand, quel âge as-tu ?

— Quatorze ans.

— Assieds-toi. Je dois t'annoncer quelque chose.

— C'est mon père ? Il est revenu ? Je vais partir avec lui ?

— Malheureusement non. Ton grand-père est mort avant-hier soir. Tu sais, il était très malade…

— Alors il ne viendra plus me voir à l'orphelinat ?

— Malheureusement non, Mohand.

— Mais qui viendra me voir ?

— Ton grand-père sera enterré cet après-midi. C'est Père Marc qui va t'accompagner à At Korban pour que tu puisses lui dire adieu. Il connaît le chemin dans la montagne.

Lorsque je reviens à l'orphelinat, je me dis que les fils de caïd ont raison : je ne suis qu'un pauvre misérable. Toute la nuit, je pleure dans mon lit et le matin, je refuse de me lever. Je veux mourir, comme mon grand-père. J'entends des petits pas rapides qui s'approchent et je reconnais Père Antoine. Je reste caché sous les draps.

— Mohand, allons, mon garçon, regarde-moi.

— Je suis fâché avec la vie, père. Victor Hugo avait raison quand il disait que le jour pouvait être comme la nuit !

— Allons, ne dis pas d'idioties. Même si tu as de grandes peines, il y a en toi une grande force.

— Père, je peux vous poser une question ?

— Oui, à condition que tu sortes de sous les draps. Tu ne veux plus me voir, Mohand ?

— Si.

Je rabats ma couverture et plante mes yeux dans les siens.

— Père Antoine, est-ce que mon père m'aime ?

— Bien sûr Mohand !

— Mais s'il m'aimait, il ne m'aurait pas abandonné ?

— Tu as le droit de te poser cette question. Jésus lui-même, lorsqu'on l'a cloué sur la croix, a demandé à son père : « Mon Dieu, mon Dieu, pourquoi m'as-tu abandonné ? »

— Moi, je ne suis pas sûr d'aimer mon père. Je ne connais que son nom, Aghdim.

— Je te comprends, mais on ne peut pas vivre sans aimer. Tu te souviens quand je vous ai parlé de saint Augustin en classe ?

— Non, pas du tout.

— Eh bien, l'évêque d'Hippone, un de tes lointains ancêtres kabyles, a dit : « Laisse les racines de l'amour pousser en toi, car de ces racines ne peuvent fleurir que de bonnes choses. »

— Mais mes racines, c'est quoi, c'est qui ? Mon père, mon village, l'orphelinat, la France ?

— Tes racines, tu les découvriras un jour et tu trouveras l'apaisement. En tout cas, n'oublie jamais : espérer, c'est vivre ; désespérer, c'est mourir.

— Mais des racines, quand on est tout seul sur terre, père, ça n'existe pas.

— Ne t'inquiète pas, tu ne resteras pas seul et tu fonderas une famille. Tu as compris, Mohand ?

5

Anna

Le jour où l'on s'est aimé,
J'ai cru qu'en ce cœur offert
J'allais pouvoir enfermer
Tout mon univers…

Paul Géraldy, *Toi et moi*

Village de Kritzelbourg,
entre Sarrebourg et Phalsbourg,
Lorraine, octobre 1944

Mathis a été fusillé le dimanche 29 octobre 1944. Depuis, je déteste le nombre 29, et encore plus le dimanche.

Il avait presque dix-sept ans, j'en avais déjà dix-huit. Nous nous étions promis de ne jamais nous quitter. Il m'aurait sûrement épousée avant nos vingt ans, dans cette église Saint-Wendelin qui semblait perdue dans le pré où, le printemps venu, nous courions faire des bouquets de pâquerettes et de violettes. Peut-être même que je serais déjà maman d'un petit garçon ou d'une petite fille qui, à son tour, me rapporterait des fleurs de Saint-Wendelin... Ma vie d'épouse, je l'envisageais joyeuse, même s'il aurait fallu travailler dur. Les parents de Mathis possédaient, à l'entrée du village, sur la RN4, une grande ferme avec deux étables, deux granges et, au milieu de la cour, une grande et belle balance à plateau pour peser les vaches et les taureaux... Interdiction absolue de monter dessus et d'y jouer ! Les Gubler comptaient sur leur seul fils pour reprendre l'exploitation. Je les aimais bien, et la forge de mon père n'était qu'à deux cents mètres de l'entrée de leur maison, juste après l'épicerie de Mme Golly qui nous régalait de bonbons à la réglisse quand elle était d'humeur guillerette. On souriait à la vie et la vie nous souriait.

Je crois que nous sommes tombés amoureux sur les bancs de l'école communale de Kritzelbourg à la rentrée de 1938, lorsque nous avons découvert notre nouvelle maîtresse, Mme Barigoule. Une petite femme ronde, des lunettes parfaitement rondes aussi, des cheveux bruns et frisés comme la laine d'un mouton. Et toujours vêtue de noir. Elle avait un drôle de nom et un drôle d'accent qui n'était ni lorrain ni alsacien ; à chaque fois qu'elle ouvrait la bouche, nous nous retenions de rire. Plus tard, on a appris qu'elle venait de Provence. Comme nous avions tous les deux les cheveux blonds, la peau claire, les yeux bleus et une blouse de la même couleur, elle nous prenait pour frère et sœur…

Je me souviens qu'à l'automne suivant, quand la « drôle de guerre » a commencé, nous nous étions amusés à comparer le bleu de nos yeux selon la saison et le temps qu'il faisait. C'était devenu un jeu et nous lui avions même donné un nom, le « langage du ciel » :

Jour de soleil : regard bleu clair.

Jour de pluie : regard bleu-gris.

Jour de nuages : regard bleu-vert.

Jour de neige : regard bleu marine.

Nous devions commencer toutes nos phrases par : « Regard bleu clair dit que… » ou encore : « Regard bleu-vert voudrait que… » Mathis s'était inspiré d'un film d'Indiens vu au cinéma de Sarrebourg. Nous n'étions jamais à court d'idées et nous nous trouvions rarement l'un sans l'autre. Puis vinrent le temps de nos premiers baisers et celui de nos premières caresses. Je me disais alors que rien, vraiment rien ne pourrait nous séparer. Ni les garçons qui m'invitaient à danser, ni les filles qui lui demandaient de réparer leur vélo dès que j'avais le dos tourné.

Et pourtant, cette Lorraine n'était plus la nôtre. Depuis la défaite de l'été 1940, nous n'étions pas occupés, mais annexés par l'Allemagne et tout était fait pour nous humilier. La rue principale du village, la rue Jeanne-d'Arc, avait été rebaptisée *Adolf Hitler Straße*. Le maire n'avait pas été changé, mais il était obligé de faire le salut nazi en public. Et Mathis avait dû germaniser son prénom comme tous ceux qui en avaient un à consonance française. Il s'appelait maintenant Mathias. Moi, je m'en fichais et continuais de l'appeler Mathis. Interdiction aussi était faite aux garçons de porter des bérets – *zu französich*, bien sûr.

Mathis est mort le dernier dimanche d'octobre 1944, tout juste quatre semaines avant la libération de Strasbourg. Nous, les Lorrains, comptions les jours avant l'arrivée des Américains, ils ne se tenaient plus qu'à quelques dizaines de kilomètres alors qu'ils avaient dépassé Metz et Nancy ; quant aux nazis, ils étaient en pleine déroute et la peur se lisait dans les yeux des fuyards qui essayaient de gagner le Rhin et la ligne Siegfried, sous peine d'être faits prisonniers. Tous les jours, entre sept heures du matin et neuf heures du soir et malgré les bombardements alliés, on assistait à un défilé incessant d'ambulances remplies de blessés de la Wehrmacht, de voitures de fonctionnaires du Reich et de charrettes à cheval des *Siedler*. Eux, c'étaient des colons venus de la Sarre et de la Forêt-Noire à qui les

Gauleiter nazis avaient donné nos terres afin d'aryaniser la Lorraine ! On les haïssait encore plus que les autres.

Plus proche était la fin, plus les SS devenaient menaçants et plus l'inquiétude grandissait dans nos villages. Mi-octobre 1944, tous les garçons de plus de seize ans – ceux de la classe 1928 – avaient été mobilisés à la caserne de Sarrebourg par la *Hitlerjugend*, les Jeunesses hitlériennes. Comme les autres, Mathis avait été obligé d'y adhérer dès ses quatorze ans. C'est dans ces jours mêlés d'espoir et de terreur que le *Hitlerjugendführer*, le chef des jeunes nazis – un voisin des Gubler ! – a été tué par des résistants et des réfractaires cachés dans la forêt de Wiltendorff. La Gestapo locale s'est déchaînée, fouillant et parfois incendiant les maisons suspectes. Et ce n'était que le début…

Le vendredi 27 octobre, on a appris que Mathis avait été dénoncé avec quatre autres et qu'il était retenu en otage. La veille, nous avions tous les deux bricolé des drapeaux avec des bouts de tissu trouvés dans le grenier : un bleu-blanc-rouge et un américain « *stars and stripes* », comme disait Mathis avec son fort accent lorrain. Le samedi, les Allemands faisaient encore croire au maire que les prisonniers seraient jugés et engagés de force dans la Wehrmacht. Leurs familles étaient presque rassurées et moi, je ne pouvais imaginer que je ne reverrais jamais Mathis vivant. Et puis, il restait si peu de jours avant la débâcle nazie…

Le dimanche, l'ordre a été donné de tous les fusiller. Ce jour-là, le soleil brillait. *Regard bleu clair* est tombé avec ses quatre camarades sous les balles d'un peloton SS, à onze heures du matin. Barricadés dans leurs maisons, tous les habitants du village ont entendu le claquement des percuteurs et le fracas de la fusillade. À quoi, à qui pensait Mathis la dernière minute de sa vie ? A-t-il regardé le ciel bleu une dernière fois ? Étais-je dans ses yeux ? Ce que je sais, c'est qu'on l'a exécuté dans le pré derrière le cimetière, et que, depuis, on raconte que plus aucun arbre n'y pousse et plus aucune fleur n'y fleurit.

L'été, lorsque je retourne à Kritzelbourg, je n'oublie jamais de déposer sur la tombe de Mathis des grappes de groseilles rouges et blanches. Des bleuets aussi, pour me rappeler son regard. Quand je m'assieds sur la dalle où est inscrit son nom, une coccinelle vient parfois me rendre visite. Je la prends sur la main et ne la quitte des yeux que lorsqu'elle s'envole. Comme si…

Je nous revois alors : au printemps, étendus dans l'herbe fraîche du champ de ses parents, à regarder les nuages ; en été, à picorer les groseilles rouges et blanches dans le jardin d'Oma, ma grand-mère ; à l'automne, à croquer la même pomme dans les vergers ; en hiver, à dévaler en luge les sentiers enneigés de la forêt de Daddenbourg.

Quand les Allemands ont pris la vie de Mathis, ils m'ont tout pris : mon enfance, mon amour, ma joie de vivre et notre avenir à tous les deux. Je suis restée prostrée de longs mois, enfermée dans mes tourments. Mes parents ne savaient que faire. Malgré les ponts détruits et les gares en ruine, ils sont allés jusqu'à m'emmener consulter un médecin à Nancy.

Strasbourg, rue du Fossé-des-Tanneurs,
automne 1945

Mon parrain Wilfried, le frère de papa, m'a proposé en septembre de le rejoindre à Strasbourg. La guerre est finie, le ravitaillement, plus facile dans les grandes villes et les tickets de rationnement, distribués plus généreusement. Il faut dire qu'à Kritzelbourg on manque de tout, même dans les fermes : le bétail a été tué ou réquisitionné, et on est à court de semences pour le prochain printemps.

Oncle Wilfried avait fait fortune dans le commerce des chevaux et se plaisait à dire qu'il était devenu un « stras-bourgeois », en appuyant avec délectation sur la seconde partie du mot. Il était toujours habillé avec élégance et se rendait à l'église deux fois par semaine. C'était un homme droit, un peu rigide, qui gérait ses affaires à coups de citations de l'Ancien Testament et de regards tranchants. Je me souviens comme ses yeux bruns brillaient de plaisir lorsqu'il me racontait que sa maison datait de 1681, l'année où les Français avaient conquis Strasbourg ! Il habitait au début de la Gerbergrabenstrasse, la rue du Fossé-des-Tanneurs, entre les canaux de la Petite-France et la place Kléber. Petite, j'avais toujours peur de tomber dans l'eau et d'y être engloutie car mon parrain me faisait croire que l'ancien canal coulait toujours sous les pavés. Je le revois m'expliquer avec fierté qu'il était devenu le premier propriétaire catholique de cette maison. Et de me citer l'impressionnante lignée de protestants luthériens auxquels il avait succédé : des tanneurs, des tonneliers, puis un maître maçon, un pasteur et, dans les années 1920, un orfèvre.

Mon oncle aurait pu être un homme comblé, mais il souffrait de ne pas avoir d'enfant. Il me répétait à l'envi que j'étais celle que lui et sa femme auraient aimé avoir. Bien sûr, lui aurait préféré un garçon, mais il ne me le faisait pas sentir, ou si peu. Pour mes vingt ans, il m'avait offert une paire de boucles d'oreilles avec des diamants. Que n'aurait-il entrepris pour que je retrouve le goût de danser et de rire… Et aussi pour que j'épouse un Strasbourgeois et fonde une famille près de la rue du Fossé-des-Tanneurs…

Il s'était souvenu que j'avais obtenu la mention très bien au certificat d'études, et avait engagé un professeur qui, chaque jour, venait me donner des cours particuliers de littérature, de philosophie et d'histoire-géographie, matière qui ne me plaisait guère car on n'y parlait que de frontières et d'annexions. À mes yeux, les frontières ne servaient qu'à faire souffrir les hommes et les annexions, à les tuer. Ma tante, qui était musicienne, m'enseignait le solfège et m'initiait au piano. Savourer un petit verre de schnaps de quetsches de notre verger tout en nous écoutant jouer ensemble semblait remplir d'aise mon parrain.

Deux ans que je vivais à Strasbourg et, un matin, je compris qu'il me fallait partir. Partir loin de l'Alsace, loin du souvenir de la guerre et loin de la tombe de Mathis. Partir pour espérer une nouvelle vie à vingt et un ans.

Je me réveillais toutes les nuits en sueur, le cœur battant. Dans cette vaste chambre austère d'une maison qui n'était pas la mienne, j'étais hantée par le même cauchemar. Mathis se tenait devant moi, les yeux bandés, les pieds et les mains ligotés. Il criait mon nom : « Anna ! Anna, je ne te vois plus. Où es-tu ? », et se mettait à me supplier : « Je t'en prie, ne m'abandonne pas, je ne veux pas mourir ! » Puis claquait le son mat des balles qui trouaient son corps et résonnaient dans ma tête. Je me réveillais, le corps de Mathis inerte, étendu dans l'herbe à mes côtés. Chaque nuit, l'effroi et la terreur prenaient possession de moi et j'étais leur prisonnière jusqu'au matin. Lorsqu'un rayon de lune transperçait la pièce, il me semblait apercevoir sur les murs des ombres menaçantes, et j'entendais une voix me dire : « Les SS qui ont fusillé Mathis, ils reviennent ! » Je me recroquevillais, tremblante, sous les draps et sanglotais. « Je t'aime Mathis, je suis toujours avec toi, toujours avec toi... »

Je n'avais pas osé parler de ces cauchemars à mon parrain. Pourquoi l'inquiéter ? Depuis ce jour d'août 1947, je ne pensais plus qu'à partir. Cela devint une obsession. Presque aussitôt, je décidai d'aller à Paris. Dans *L'Écho de la mode* et *Elle*, un tout nouveau magazine que ma tante m'avait fait découvrir, on lisait que la capitale avait tourné la page de la guerre et que la vie était plus légère sur les quais de la Seine. « Ajoutez deux lettres à Paris, c'est le paradis ! » s'était un jour exclamé mon précepteur en citant Jules Renard. J'aimais me répéter cette phrase, m'imaginer un autre monde. Et tant pis si je prenais le risque d'être déçue.

Mon parrain et sa femme comprirent qu'ils ne pourraient me retenir. Ils abandonnèrent leurs projets de mariage en Alsace et d'ailleurs, je commençais à en avoir assez des garçons de bonne famille qu'ils me présentaient. Une fille de leurs amis avait été recrutée comme couturière dans la capitale et je saisis l'occasion de partir avec elle. À la condition de trouver un travail. Parrain me recommanda alors auprès d'une de ses relations. C'était un industriel de Mulhouse qui n'avait pas été accusé de collaboration avec l'ennemi et dont l'usine de boîtes de conserve n'avait pas été bombardée. Cela tombait bien : il déménageait à Paris pour traiter directement avec l'armée américaine, désormais son principal client, et il cherchait une gouvernante pour ses enfants.

Le jour du départ et des adieux fut fixé au 1er septembre 1947. J'entrai alors au service de M. et Mme Schrubler, parents d'une petite fille et d'un garçon. J'emménageai quatre étages au-dessus de leur appartement, rue Saint-Honoré, dans une grande chambre de bonne que je devais partager avec Augustine, la cuisinière. Une chambre avec vue sur les toits de Paris, mais surtout, l'idée de ne plus me retrouver seule la nuit me tranquillisait.

6

Mohand

Voyage très singulier
De la vie
Devenue
Toi.

Andrée Chedid,
La vie voyage

Casbah d'Alger, rue Annibal, 27 mai 1950 à l'aube

C'est décidé, je pars.

Je monte une dernière fois sur la terrasse de la maison d'Azal, bâtie au sommet de la casbah, tout près de Bab Jdid ; c'est l'une des rares portes de la médina à ne pas avoir été détruite. Dans un ciel jaune orangé, le soleil se lève. Il fait si bon. Les parfums de jasmin et de laurier-rose des jardins du palais du dey m'enveloppent de douceur, je me retrouve en Kabylie…

La casbah se réveille peu à peu, j'entends déjà les voix des femmes résonner d'une terrasse à l'autre. J'écarte le linge qui sèche et mon regard plonge dans la baie d'Alger et la Méditerranée. Au loin, comme des petits points noirs dans le ciel, les fumées crachées par les premiers cargos qui quittent le port. Elles semblent m'indiquer un chemin et je sais qu'au bout de la mer, il y a…

la France,

Paris,

et mon père.

Paris, la ville qui fait rêver les jeunes Kabyles où tous s'imaginent une vie en or. Mes cousins m'ont raconté que leurs copains sont pressés d'y rejoindre un frère, un oncle ou, comme moi, un père. Les filles, elles, restent au pays. Et lorsqu'un ancien rentre après plusieurs années, on l'admire et on le respecte. J'en fais la promesse, un jour, je reviendrai avec mon père, moi, Mohand, qui viens d'avoir dix-sept ans. Et ensuite, je me marierai, j'aurai des enfants et je connaîtrai le bonheur d'avoir une vraie famille. La voix d'Azal me ramène à la réalité :

— Il est l'heure, Mohand !

Azal, c'est le cousin de mon père. Le mois dernier, il m'a accueilli à Alger à ma sortie de l'orphelinat. Mais sa maison de la rue Annibal est bien trop petite, et sa famille, bien trop nombreuse pour héberger une bouche de plus. Son salaire de *siyakine*, d'arroseur public, lui suffit tout juste à la nourrir. Pendant des semaines, je n'ai rien eu d'autre à faire qu'attendre des nouvelles – et de l'argent – de mon père ; alors je l'ai aidé à nettoyer les rues de la casbah au moyen de grands tuyaux d'arrosage à eau de mer, l'eau douce, elle, étant réservée aux fontaines de la ville arabe. À la fin de la journée, nous étions couverts de sel comme si on s'était baignés toute la journée. Quel drôle de métier, quand même, que d'asperger d'eau ces escaliers, alors que le soleil les sèche en quelques minutes ! Je lui avais demandé si cela ne le gênait pas et il m'avait répondu : « Sans les *siyakines*, Alger n'existerait pas. Cela fait dix siècles qu'on arrose ainsi la médina. Chaque jour que Dieu fait, c'est le mariage de l'eau et du soleil. » Quand il parlait de son métier, Azal devenait poète. Peut-être que mon père saura me parler de Paris avec d'aussi jolis mots.

J'avais beau être content de partir, je m'étais attaché à cet homme grand et mince aux yeux clairs et dont un seul regard suffisait à me rassurer. Il parlait peu, et même pas du tout, quand je l'interrogeais sur ma mère et mon père. Au fond de moi, je me demandais bien pourquoi. Et puis, je finissais par penser que c'était de la *pudeur kabyle*, comme disaient les Arabes et les Européens. D'ailleurs, j'avais plein d'autres questions à lui poser sur ma nouvelle vie en *métropole*, un mot étrange qu'il utilisait pour parler de la France. Moi, je ne voyais pas vraiment la différence : quand je quitterai l'Algérie, ce sera pour aller en France ou bien en *métropole* ?

Azal avait tout organisé depuis plusieurs semaines, et nous étions allés à la préfecture, sur le front de mer, chercher ma carte d'identité. Sans celle-ci, impossible de traverser la Méditerranée. D'abord, j'avais dû me rendre chez le photographe de la rue Caton et il avait fallu payer cinquante francs algériens de timbres, mais je n'aimais ni la photo ni le tampon qui barrait une partie de mon visage. C'est en voyant pour la première fois ce document que j'ai découvert que j'avais la nationalité française avec la mention *Français musulman*. Je me disais que jamais les Pères Blancs n'auraient fait une telle différence, mais Azal, lui, était fier de montrer ces papiers. D'abord à ses voisins de la rue Annibal, puis aux dinandiers des escaliers de la rue de l'Atlas, et enfin à tous ses collègues *siyakines* ! J'avais aussi l'impression que les filles me regardaient différemment quand je les croisais à une fontaine ou au marché avec Beninna, la femme d'Azal. Son mari recevait parfois des lettres et des mandats postaux de mon père, sans jamais m'en parler. Je me demandais pourquoi un père n'écrivait pas à son fils. Mais je n'osais pas le questionner.

En tout cas, Azal m'a fait répéter au moins dix fois la leçon, un peu comme à l'orphelinat : d'abord prendre le bateau pour Marseille et, une fois arrivé *en métropole*, retrouver l'un de ses amis kabyles établi comme tailleur. Ce sera lui qui m'accompagnera à la gare Saint-Charles – on dirait le nom d'une église, mais c'est bien une gare –, et nous prendrons tous les deux le train pour Paris. Comme mon père travaille le soir, c'est encore cet ami qui m'accompagnera jusqu'à son hôtel. Pour la première fois, j'apprends que mon père loge à l'hôtel… Bizarre de ne pas avoir de maison à soi, il faudra qu'il m'explique pourquoi.

Vers la gare maritime d'Alger,
27 mai 1950, dix heures du matin

Nous descendons de la casbah jusqu'à la gare maritime. Azal a quitté sa djellaba blanche et ses *balghas* et enfilé une tenue à l'européenne. Comme moi. Silencieux, nous nous dirigeons vers le front de mer dans le tumulte de la vieille ville ; après la *zaouia*, l'école religieuse de Sidi M'hamed Cherif, nous empruntons la rue du Palmier puis le boulevard Gambetta, où les Européens se font alpaguer par les petits cireurs de chaussures. Dans la ville basse, nous traversons la place de l'Opéra, le square Bresson, le boulevard de la République, et descendons enfin la rampe Magenta qui mène aux quais. J'essuie la sueur qui coule sur mon front ; Azal aussi transpire, car le soleil tape fort. Je tiens d'une main une valise marron, et de l'autre un sac rempli de nourriture, dont des *kesras*, les délicieuses galettes de semoule encore chaudes préparées par Beninna. Dans la poche intérieure droite de ma veste, le billet de quatrième classe pour Marseille – il a coûté 3 500 francs algériens, une somme qui me semble énorme –, et dans la poche intérieure, tout près de mon cœur, l'adresse de mon père à Paris avec un petit rouleau de francs français pour payer le train jusque-là.

Plus que quelques mètres et nous voici arrivés devant les grilles. Une pancarte indique : « Entrée du môle Al-Djefna ». Une centaine de passagers nous ont précédés – que des hommes, pas de femmes ni d'enfants. Tous regardent l'immense bateau qui va les emmener sur une autre terre.

— Mohand, tu vois le paquebot avec sa coque noire et sa grande cheminée surmontée des deux lettres N et M ?

— Celui qui fume, sur la gauche ?

— Oui, c'est *El Mansour*, de la CNM, la Compagnie de navigation mixte. *Le Victorieux*, c'est un beau nom, tu ne trouves pas ? Tu te rends compte, il fait la traversée Alger-Marseille en vingt heures !

Non, je ne me rends pas compte, c'est la première fois que je prends le bateau. Soudain mon cœur se serre à l'idée de quitter Azal. De quitter ma terre natale, aussi. Je prends conscience que, dans quelques minutes, je ne serai plus sur le sol de mes ancêtres. Mes jambes commencent à me lâcher.

Nous nous dirigeons vers le bâtiment en pierre de la CNM, là où des passerelles permettent d'accéder au paquebot. Azal me précise que le premier étage est réservé aux Européens et aux voyageurs fortunés des première et deuxième classes. Le rez-de-chaussée accueille les passagers de troisième et de quatrième. J'en fais partie. Azal ne peut me suivre dans le hall d'embarquement où seuls sont admis ceux qui sont munis de leur carte d'identité et de leur billet. Le moment est venu de nous séparer.

Je le regarde et, pour la première fois, je sens de la tristesse et de l'inquiétude dans ses yeux. Il me prend alors dans ses bras. Son étreinte dure longtemps, comme s'il cherchait à étouffer notre peine commune.

— Prends soin de toi, Mohand. Et de ton père aussi. Dis à Aghdim que je l'aime. Et toi, sois heureux dans ta vie. Que Dieu vous protège et n'oublie ni ta langue, ni tes prières.

Pour qu'Azal me croie fort, je franchis la porte d'embarquement sans me retourner. Il fait une chaleur étouffante entre ces quatre murs sales où près de trois cents hommes – presque tous kabyles, car j'entends peu parler arabe – sont répartis en trois files. Nous patientons dans un vacarme où se mêlent les voix aiguës des haut-parleurs, les accents rauques de la langue tamazight et le bruit sourd des colis traînés sur le sol. Sur mon visage, encore de la sueur mais surtout des larmes. Je n'ai plus personne à qui parler.

Pont inférieur du paquebot El Mansour,
onze heures du matin

Me voici maintenant sur la passerelle et, dans quelques secondes, je serai à bord d'*El Mansour*. Le ciel s'est voilé, le bleu s'est mélangé au blanc et au gris des nuages. Des mouettes piaillent et leurs cris stridents ajoutent à ma nervosité. Pris de panique, je me retourne d'un coup et regarde en direction du quai où les proches se pressent pour dire au revoir à un père, un frère ou un ami. De nouveau, je me sens seul et perdu. Je cherche le cousin de mon père et, ne le voyant pas, hurle son nom :

— Azal, Azal !

J'aperçois alors un bras qui s'agite. C'est lui qui me fait un dernier signe de la main. À mon tour, je tends la mienne. Ma gorge se noue, j'ignore si je le reverrai un jour.

La sirène retentit et sonne le départ pour Marseille. Les moteurs tournent bientôt à plein régime et, sur le pont inférieur où nous sommes, le boucan est infernal. Je me retrouve à l'arrière du bateau, pas loin de la chaufferie, agrippé au bastingage... et à tout ce qui me rattache encore à cette terre qui s'éloigne. J'aperçois au loin les murs de chaux de la casbah, plus blancs les uns que les autres, et, au soleil de midi, même les façades en pierre de la ville moderne ont des nuances de blanc. Je comprends maintenant pourquoi Azal aime appeler sa ville *Al-Jaza'ir El Beida*, Alger la Blanche. Je reconnais aussi le bleu, le blanc et le rouge des drapeaux français au sommet des bâtiments officiels de l'Amirauté et du front de mer. Bientôt, Alger ne sera pourtant plus qu'un point sur l'horizon. Les mouettes se dispersent dans le ciel.

Je reste encore de longues minutes sans pouvoir détacher mon regard de la côte qui disparaît dans la brume d'été, comme aimanté par cette ancienne vie. Le ciel s'obscurcit, l'air est lourd. Une pluie battante s'abat brusquement. Je trouve refuge dans la salle commune d'où se dégage une chaleur humide. D'un côté, des hommes entassés sur des sièges et, à leurs pieds, des sacs en toile de jute, des paquets, des tapis enroulés et des valises plus ou moins bien sanglées. De l'autre, des matelas à même le sol, où certains se sont déjà allongés. Des odeurs de transpiration et de nourriture se mêlent aux effluves de fioul et me donnent envie de vomir. Je sors aussi vite que je suis entré et retourne sur le pont ; l'averse a cessé. Je repère une petite place restée au sec, quitte ma veste, la roule en guise d'oreiller et m'allonge, les pieds posés sur ma valise. « Surtout, garde bien tes affaires, Mohand. Tu risques de te les faire voler. » C'était la dernière recommandation d'Azal.

Traversée Alger-Marseille,
nuit du 27 au 28 mai 1950

Je ferme les yeux et m'endors, assommé par les émotions. Lorsque je me réveille, la mer s'est assombrie et le soleil décline. Des éclairs de chaleur foudroient le ciel et la chaufferie envoie des bouffées d'air chaud. Des hommes ont le mal de mer et viennent vomir par-dessus bord. Pour le moment, il me faut tenir dans ce chaos et dans ma solitude. Je m'accroche à une idée fixe : arriver à Marseille demain matin et ne pas manquer le train de onze heures trente-cinq, direction Paris.

La nuit est tombée d'un seul coup, et je ne distingue plus rien, sinon un ciel étoilé qui me tend les bras. Je rêve de cette autre vie qu'on me promet, mais quand je baisse les yeux et que je regarde la mer, elle est noire comme un gouffre et la peur me saisit. La frousse d'un ailleurs incertain, la peur aussi de cet inconnu dont je ne sais rien ou presque et que j'appellerai bientôt Papa. Sera-t-il heureux de me retrouver ? Saura-t-il m'aimer ? Quel genre d'homme est-il ? Serons-nous capables de nous entendre ? Tandis que le grondement des vagues couvre les rumeurs du pont, ces questions m'obsèdent.

Je me souviens aussi de Père Antoine. Assis par terre sur le pont, adossé à une porte verrouillée, je tiens dans la main gauche son mouchoir et mon index droit s'amuse à suivre le contour des deux lettres A. A., cousues au fil d'or. A. A. pour Antoine Arnold. Encore et encore. Sur une carte murale, il m'avait montré sa région natale : « L'Alsace, c'est la France. Comme la Kabylie, c'est l'Algérie. »

J'aperçois au loin un halo sur la mer et j'y vois un signe d'espérance. Sûrement un paquebot, avec toutes ces lumières allumées de l'avant à l'arrière. J'imagine des passagers qui rêvent au lendemain. Comme moi en cet instant. Des voix fortes parviennent jusqu'au pont arrière, j'entends des gens crier. Je me lève et vais jeter un coup d'œil dans la salle commune. Des hommes en djellaba et en sarouel se querellent pour un matelas qui a l'air plus rembourré que les autres. Je prends une couverture sur une étagère et m'en vais retrouver ma parcelle de solitude. La faim me gagne. J'avale le pain *kesra* accompagné de *tiasbanines*, ces boulettes de semoule à la viande qui ont le goût d'At Korban. Beninna les a cuisinées au poulet ce matin. Elles me réconfortent.

La fatigue se fait sentir ; je déplie la couverture et m'allonge. À présent, le silence règne, sauf sur le pont supérieur d'où s'échappe un air que je reconnais. Bizarrement, en passant devant Le Tantonville, le grand café d'Alger, j'ai entendu cette chanson ce matin même ; elle évoque une douce France... « C'est du Charles Trenet, un chanteur à la mode chez les Européens », m'a dit Azal. Mes yeux se fixent sur une étoile solitaire. Je me laisse bercer par le bruit des vagues et des moteurs.

Au petit matin, une pluie fine et fraîche me réveille. J'ignore si j'ai rêvé, je ne me souviens de rien. La mer a retrouvé son bleu et moi, je me sens bien. En cet instant, je veux croire en cette nouvelle vie qui s'ouvre à moi. Sur la droite, le soleil se lève et il est d'un rouge vif que je n'avais encore jamais vu à terre.

Sur le bateau, le va-et-vient des passagers a repris. Dans le miroir fendillé des toilettes éclairé par un tube au néon, j'aperçois mon visage. Je l'observe attentivement. Est-ce que je ressemble à mon père ? On m'a toujours dit que j'avais les yeux en amande de ma mère, sauf que les siens étaient verts. Les miens sont noirs. Il paraît que j'ai aussi hérité de son sourire. J'ai un nez droit, des pommettes saillantes et des cheveux noirs coupés ras. Que pensera mon père de moi ? Je regarde mes vêtements, ils sont fripés et je suis tout débraillé. Je rentre soigneusement ma chemise dans mon pantalon et rajuste ceinture et veste. C'est sûr, il ne doit pas aimer les garçons débraillés.

Une voix dans un haut-parleur annonce que nous nous approchons des côtes françaises, et j'entends un passager de la quatrième classe faire son savant :

— La jetée en face, c'est la digue du large. Là, c'est la cathédrale de la Major. Et tout là-haut, c'est Notre-Dame-de-la-Garde.

Il doit bien être le seul à connaître Marseille et à faire la traversée pour la deuxième fois… Nous arriverons à la gare maritime de La Joliette dans un quart d'heure. Au-dessus de ma tête, des oiseaux qui ressemblent à des mouettes, mais qui n'en sont pas, mêlent leurs cris à leurs élans, sans doute pressés d'arriver à bon port. Eux aussi. Tandis que j'observe leurs grandes ailes blanches s'étaler dans le ciel, les hommes font irruption sur le pont arrière. Ils me bousculent et m'entraînent dans un tourbillon de djellabas, même si certains se sont déjà habillés à l'européenne. Tous veulent voir la côte de France. J'ai à peine le temps de plaquer contre moi ma valise et ce qui reste de mon sac de nourriture que me voilà serré contre une multitude de corps qui m'étouffent, m'empêchent de bouger et s'époumonent :

— France ! France ! C'est la France !

Des bras s'agitent vers la côte qui se rapproche. La voix du haut-parleur retentit à nouveau, *El Mansour* est sur le point d'accoster. En un éclair, l'étau se desserre, et les hommes se ruent vers la salle commune pour récupérer leurs bagages. Je respire. Les matelots jettent les amarres sur le quai et les deux passerelles de débarquement sont vite apportées. Je suis un des premiers à descendre.

Cette fois, je suis en France.

7

Aghdim et Mohand

Dans Paris il y a une rue ;
Dans cette rue il y a une maison ;
Dans cette maison il y a un escalier ;
Dans cet escalier, il y a une chambre…

Paul Éluard, *Poésie intentionnelle et poésie involontaire*

Hôtel Le Beau Paris,
quartier du Marais, dimanche 28 mai 1950

La photo est jaunie et froissée, mais c'est la seule que j'aie de mon fils Mohand. Elle m'a été envoyée en 1947 par l'orphelinat des Pères Blancs, avec des remerciements pour l'argent que j'envoie deux fois par an. Sur le cliché, il a quatorze ans et est habillé comme un petit Français avec un béret sur la tête. Dans ses yeux, je vois de la colère et de la souffrance. Je me demande si, ce soir, Mohand aura la même rage quand il passera le seuil de ma chambre. Ou s'il tombera dans mes bras. Cousin Azal m'a écrit que mon fils partait d'Alger ce samedi, et qu'il arriverait à Paris dimanche soir… Sauf retard du bateau.

Depuis mon arrivée dans la capitale, j'habite à l'hôtel Le Beau Paris, rue au Maire, tout près des Halles où je travaille. Le patron est kabyle, le cuisinier aussi. Et presque tous les clients viennent des villages autour d'At Tiznit. Ils sont cireurs de chaussures, magasiniers, manutentionnaires ou vendeurs en fruits et légumes comme moi.

Ce soir, l'air est lourd dans ma chambre. J'étouffe et fume bastos sur bastos. J'ouvre la fenêtre qui donne sur la rue et j'allume une autre cigarette quand j'entends du bruit dans l'escalier. Mon fils ? Non, le pas est lourd. Ce doit être un de ces représentants de commerce pressés qui ne passent qu'une nuit ou deux et cognent la rampe de l'escalier avec leur valise. Voilà que les pas se rapprochent. Et si c'était lui ? Rien qu'à y penser, mon corps se raidit et mes mains commencent à trembler. On frappe à la porte. Fort. Je sursaute. J'ouvre. Face à moi, un grand garçon, le visage en sueur. Il tient dans une main un papier chiffonné et dans l'autre, une petite valise.

— Bonsoir, monsieur. C'est bien la chambre n° 7 ?

— Oui. Et toi, qui es-tu ?

— Je suis votre… Euh… Votre fils… Euh, Mohand, ton fils.

— Mon fils, tu dis ?

Je le scrute avec insistance et un silence s'installe.

— Oui, c'est moi… Mohand.

— Je t'attendais. Azal m'a prévenu de ton arrivée.

Mohand sourit en entendant ce nom et moi, je ne peux m'empêcher de revoir Tassadit. Il a hérité de sa beauté : mêmes yeux de jais en amande, mêmes pommettes hautes, même sourire rayonnant. Il se tient droit et fier. Comme elle. Je voudrais prendre mon fils dans les bras et l'embrasser comme au jour de sa naissance, mais j'en suis incapable. La vision de sa mère mourant dans les larmes et le sang me paralyse.

Mon cœur pleure.

Je replonge dans le malheur.

Mohand me regarde fixement. Je sens qu'il se demande pourquoi son père reste si distant. Peut-être qu'il me juge. Ou qu'il m'a déjà jugé, après toutes ces années d'absence… Ces retrouvailles, je les ai souhaitées, redoutées aussi ; et en cet instant je comprends qu'il n'est plus possible de me dérober. Pourtant, je ne peux soutenir son regard et je suis pris de vertiges.

Il ne faut pas que Mohand s'en rende compte. Je me ressaisis.

— Entre, mon fils. Je t'ai réservé une chambre. Tu dois avoir faim ?

— Oui, je n'ai pas mangé depuis ce matin.

— Pose ta valise, nous allons descendre au restaurant.

Dimanche 28 mai 1950,
le soir de son arrivée à Paris

Pourquoi mon père me considère-t-il comme si nous étions deux étrangers ?

Le patron de l'hôtel, lui, m'accueille chaleureusement. Il me parle d'At Tiznit et de la nouvelle fontaine qui vient d'être installée au centre du village. Comme lui, presque tous les pensionnaires sont des Aït Sedka, mais il y a aussi des Aït Yenni, logés dans les étages supérieurs. Tous ont l'air de savoir qui je suis, ils me sourient ou me saluent en kabyle. Rien que des hommes, aucune femme. Certains jouent au *tiddas*, comme s'ils étaient toujours dans nos montagnes ; ils ont dessiné le damier sur la nappe et pris des noyaux d'olive comme pions.

Pendant le repas, mon père parle à peine. « Tu n'es pas trop fatigué ? Comment va le cousin Azal ? Tu le trouves bon, le couscous ? » Je sens qu'il évite mes yeux. Moi, au contraire, je passe mon temps à l'observer. Je trouve qu'il a un beau visage, plus rond que le mien. Sa peau et ses yeux sont aussi plus clairs que les miens. Des cheveux coupés ras – comme les miens – mais le front dégarni. Je pense même qu'il sera bientôt chauve. Avec sa chemise blanche et son costume à la mode de Paris, il ne ressemble vraiment pas aux Kabyles de la salle du restaurant. On dirait presque un Français d'Algérie, comme il y en a tant dans les cafés d'Ouaghzen. Mon regard se pose sur ses mains aux doigts longs et fins. J'en ai hérité.

Il me semble qu'il prend plaisir à me parler en kabyle, alors que je préfère lui répondre en français. Cela l'énerve, mais je sens qu'il se calme quand je lui parle des Pères Blancs et des efforts que j'ai dû faire pour apprendre à lire, écrire et compter dans cette langue. Je lui rappelle aussi ses lettres, où il insistait sur mon « instruction française ».

Le patron nous apporte en dessert une *mchawcha*, une galette traditionnelle aux œufs et au miel préparée par sa femme. « La meilleure *mchawcha* de Paris, d'Alger et de Tizi-Ouzou ! » comme il dit. Il a peut-être raison pour Alger et Tizi-Ouzou ; pour Paris, je verrai.

Il se fait tard, mon père me conduit à ma chambre. C'est la n° 14, un étage au-dessus de la sienne, trop petite pour deux.

— Je suis heureux d'avoir un fils, lance-t-il soudain en me souhaitant bonne nuit sans pour autant me prendre dans ses bras.

Alors qu'il s'en va, je remarque que je suis plus grand que lui.

La pièce est étroite. Les murs ne sont pas blancs comme à l'orphelinat ou à Alger, mais recouverts d'un papier marron avec de fines rayures noires. Un lit et une armoire en fer, une petite table avec une chaise, et le même lavabo que chez mon père. Je m'assieds sur le lit en pensant que c'est bien la première fois que j'ai une chambre à moi et que je ne vais pas dormir dans un dortoir. Être seul, c'est si étrange. J'ouvre la fenêtre et me penche pour regarder le ciel. « Tiens, presque les mêmes étoiles que celles au-dessus de la montagne Djurdjura. » Elles me rassurent.

Je me débarbouille le visage au lavabo quand surgit le souvenir de Père Antoine. Cela fait bientôt deux mois que je lui ai dit adieu. Ce soir, peut-être a-t-il aussi admiré les étoiles. Pense-t-il à moi en ce moment ? Je cherche dans la poche de ma veste son mouchoir dans lequel j'ai glissé sa chaîne et la médaille de l'archange Gabriel. J'embrasse la face de la médaille puis attache la chaîne autour de mon cou et m'endors à même la couverture. Quand j'ouvre les yeux, on frappe fort à ma porte. C'est mon père.

Nous descendons au restaurant. Mon père m'explique que je dois prendre des habitudes parisiennes. D'ailleurs, il me parle cette fois en français et commande « du café noir, une baguette et du beurre ». C'est drôlement bon, surtout ce qu'on appelle ici les *tartines*.

Nous remontons dans sa chambre, il me demande de m'asseoir et m'explique à quoi ma nouvelle vie va ressembler. Il m'annonce qu'il m'a inscrit dans une école pour que j'apprenne le métier de chaudronnier-soudeur. Je lui dis que je ne sais pas ce que c'est et il me répond que c'est entre forgeron et ferronnier.

— Je ne serai pas colporteur comme toi et Grand-Père ?

— Non, ici il n'y a plus de colporteurs. Et chaudronnier-soudeur, c'est un beau métier.

— Je ferai des outils et des bijoux, alors ?

— Non, plutôt des tuyaux, des moteurs et des machines. Ici, presque tout est en fer. Tu as vu les meubles de ta chambre ?

— J'aurais préféré travailler le bois. À l'orphelinat, on fabriquait des meubles pour les Sœurs Blanches et l'hôpital.

— Mohand, je te dis que le fer, c'est mieux. C'est moderne !

Il est autoritaire, comme le père supérieur de l'orphelinat. Et ni plus à l'aise, ni plus chaleureux avec moi que la veille au soir. Comme si quelque chose l'en empêchait. Je le questionne sur son métier, sur sa vie à Paris, mais il se montre peu bavard. Je sens aussi qu'il ne faut pas lui demander pourquoi il habite à l'hôtel depuis si longtemps. Désormais, je sais quelles questions il vaut mieux ne pas lui poser…

— La première chose importante, c'est d'aller t'acheter de nouveaux habits pour faire bonne impression, coupe-t-il net. Et aussi des chaussures. Mais il faudra toujours les cirer comme les miennes ! Entendu, mon fils ?

Je n'ai pas pu répondre « Oui, Papa », me suis contenté de « Oui ». Il s'est alors approché si près de moi que j'ai cru un instant qu'il allait me serrer dans ses bras.

— Qu'est-ce que tu portes autour du cou ?

— La médaille que le Père Antoine m'a donnée.

— Qui ça ?

— Un père de l'orphelinat. C'est l'archange Gabriel, tu vois ?

Je la lui montre.

— Qui ça ? Gabriel ?

— Djibril, si tu préfères. C'est la force et le messager de Dieu. Père Antoine m'a dit qu'il me protégera toute ma vie et que je dois toujours penser à le remercier si je lui demande de l'aide.

— Ne porte plus cette chaîne, c'est *haram* !

— Mais pourquoi ce serait interdit ?

— Parce que !

— Mais cette chaîne et cette médaille, Père Antoine y tenait beaucoup ! Elles appartenaient à son père, et il me les a offertes avec son cœur. Est-ce que tu te rends compte ? Avec son cœur !

— Je te donnerai une petite boîte, tu les mettras dedans, et tu la garderas dans ta chambre.

— Non, je ne veux pas que cette chaîne quitte mon cou ! Père Antoine a été comme un père, pour moi. C'est *lui* qui m'a tout appris, *lui* qui m'a consolé quand je pleurais. Alors que toi, Papa, tu m'as laissé dans un orphelinat pendant dix ans. Tu m'as abandonné.

Il se met à parler en kabyle.

— Non, Mohand, c'est faux !

Je lui réponds, moi aussi en kabyle :

— Alors pourquoi, quand Maman est morte, tu n'es pas venu me chercher ? J'avais à peine sept ans.

— Qu'est-ce que tu racontes ? Que ta maman est morte quand tu avais sept ans ? Mais... en fait...

— Elle, au moins, ne m'aurait jamais abandonné !

— Je ne pouvais pas revenir à At Tiznit ni à At Korban.

— Mais pourquoi ?

— Parce que.

— Parce que quoi ?

— Pas aujourd'hui, Mohand. Je t'expliquerai plus tard.

— Quand Grand-Père est mort, je me suis retrouvé encore plus seul à Ouaghzen. Pourquoi tu n'es pas venu me chercher ? Je sais ce que c'est que d'être malheureux...

— Maintenant tu vas être heureux, mon fils.

— Alors ne me demande plus jamais d'enlever ma médaille !

Chambre n° 7,
deux mois plus tard, nuits de juillet 1950

Ce n'est pas la première fois que cela arrive depuis que Mohand est à Paris : à peine endormi, je sens un souffle sur mon front et, juste après, une main qui caresse ma joue. Et puis plus rien. Mais cette nuit, une voix m'a réveillé, et j'ai bien entendu qu'elle m'appelait.

— Aghdim, Aghdim…

J'ai ouvert les yeux, scruté l'obscurité et il m'a semblé apercevoir une ombre quand les reflets de l'enseigne lumineuse de l'hôtel ont éclairé le double-rideau de la fenêtre. J'ai allumé la lampe de chevet, mais je n'ai rien vu d'autre que la table ronde, les deux chaises, l'armoire et le lavabo. J'ai voulu me rendormir. Impossible. J'ai repensé à toutes ces nuits où j'avais eu l'impression de ne pas être seul. Repensé aussi à Mohand, dont j'entends le soir les pas, juste au-dessus de ma chambre. Et puis maintenant, cette voix à la fois proche et lointaine…

Et soudain, je l'ai vue. Elle courait vers moi, les cheveux flottants. Elle me souriait. Et je me suis rendormi. Les jours suivants, j'ai presque sommeillé les yeux ouverts, guettant le moindre signe, mais aucun n'est venu. Fin juillet, alors que j'écoutais tomber la pluie après l'orage, j'ai de nouveau entendu *la voix*, celle qui m'avait déjà appelé. Je n'ai pas osé allumer la lumière…

— Aghdim, Aghdim…

— Tassadit ? C'est toi ? Je reconnais ta voix.

— Oui, Aghdim, c'est moi.

— C'est vraiment toi ?

— Tu ne me crois pas ? La libellule sur mes cheveux, tu te souviens ?

— Comment aurais-je pu oublier ? Mais Tassadit, pourquoi je ne te vois pas ?

— Moi, je te vois, Aghdim… Tu n'as pas changé.

— Cela fait dix-sept ans que j'attends un signe de toi. Alors pourquoi venir maintenant ?

— Je suis restée chez nous, dans nos montagnes, pour veiller sur notre fils. Comme il n'avait plus de mère, plus de père non plus, il fallait que je le protège.

— Tu me reproches d'être parti ?

— Mohand a été malheureux, j'ai ressenti sa souffrance. Alors j'étais à ses côtés quand il pleurait la nuit.

— Mais si j'étais resté avec Mohand, mon père m'aurait obligé à me remarier. Et jamais je n'aurais pu aimer une autre femme que toi. Tu m'entends, Tassadit ? Jamais !

— Je te connais et je te crois, Aghdim. Mais ton fils s'est senti abandonné. Qu'as-tu fait pour lui ?

— J'ai envoyé de l'argent à ta sœur Dyhia pour qu'il ne manque de rien. Et quand ta sœur est morte, paix à son âme, je l'ai fait placer chez les Pères Blancs. Ton père et le mien m'ont donné leur accord, et j'ai toujours veillé à faire des dons à l'orphelinat. Tu sais, j'aurais préféré que Dieu m'enlève la vie plutôt que la tienne. C'est de toi que Mohand avait le plus besoin.

— Il t'a retrouvé et maintenant je suis apaisée. Alors me voici. Et puis, c'est un si beau garçon !

— Beau parce qu'il te ressemble.

— Mais pourquoi l'as-tu si mal accueilli ?

— Que me dis-tu là ?

— La vérité, Aghdim. Je vous ai vus, tous les deux. Mohand aurait aimé que tu le prennes dans tes bras. Le soir de son arrivée, il a de nouveau pleuré…

— Comprends-moi, Tassadit. Quand j'ai ouvert la porte, c'est *toi* que j'ai vue. Et j'ai eu si mal.

— Mais Mohand est le fruit de notre amour, notre fils à tous les deux. Alors, ne pense plus à moi et aime-le comme un père. Je te le demande.

— Je te promets d'essayer.

— Dis-moi, Aghdim, nous sommes à quelle saison ?

— En été, bientôt la huitième lune, je crois.

— Tu n'en es pas sûr, toi, un colporteur qui se repère la nuit aux étoiles ?

— Tassadit, ici, on compte en mois, pas en lunes. Nous sommes en juillet.

— Je préfère nos lunes des montagnes. Oh, l'été, quand la terre est si chaude sous nos pieds et que les tourterelles se nichent dans les figuiers… Tu te rappelles quand nous grimpions tous les deux sur le dos de Tila et que nous menions les chèvres de mon père jusqu'à la rivière ?

— Je me souviens du moindre caillou de cette rivière, là où je t'ai vue pour la première fois. Je ne te connaissais pas et déjà je t'aimais.

— Les chèvres allaient de buisson en buisson, faisaient des cabrioles et se dressaient sur leurs pattes arrière pour attraper les figues. Nous, on riait. Et on s'aimait.

Silence.

— Tassadit, tu es toujours là ? Parle-moi encore.

Silence.

— Pourquoi tu ne réponds plus ?

Silence.

Le lendemain, j'ai attendu la nuit avec un seul désir, celui d'être bercé par *sa* voix. Je suis resté éveillé jusqu'au petit matin, espérant qu'elle me rejoigne. Le lendemain soir, j'ai pleuré, prié, et l'ai suppliée de revenir. Tassadit est réapparue et qu'importe si je ne peux la voir…

Son rire est ma lumière
Je vois le soleil entrer dans notre maison

L'amandier refleurir
Le figuier déployer ses feuilles
Et la « rencontre du printemps »
Renaître comme une espérance.

Désormais Tassadit vient quand bon lui semble à toutes les heures de la nuit. C'est souvent pour me faire des reproches quand notre fils est triste ou qu'il m'en veut. Et même si elle me tourmente, je ne lui en veux pas. Je l'attends.

Il y a un mois j'étais seul et maintenant nous sommes trois.

8

Anna

Au milieu de l'hiver, j'apprenais
qu'il y avait en moi un invincible été.

Albert Camus, *L'Été,*
Retour à Tipasa

Paris, rue Saint-Honoré chez les Schrubler,
dimanche 6 juillet 1952

— Anna, serez-vous rentrée pour cinq heures ?

— Bien sûr, madame. J'ai juste rendez-vous au café Weber avec Louis. Vous savez, mon petit frère qui fait son service militaire au fort d'Aubervilliers. Il a une permission et il en profite pour me rendre visite.

— Surtout, pensez à mettre un chapeau. Il fait une chaleur effroyable. Et saluez Louis de ma part. Bon après-midi, Anna.

— Merci, madame. À vous aussi. Je donnerai le bain aux petits dès mon retour.

Cinq ans déjà que je suis gouvernante dans la famille Schrubler. Et j'avoue m'être attachée à ma patronne, une femme douce et bienveillante. Il lui arrive même de me confier ses petits tracas.

Son mari, lui, incarne tout ce que je déteste : un homme faux, prétentieux, et prêt à tout pour s'enrichir. Il porte des chemises griffées à ses initiales et la maison empeste ses cigares cubains offerts par des officiers américains qu'il reçoit chaque semaine, ce dont il se vante. Il était fournisseur en boîtes de conserve pour l'armée française en 1938, puis la Wehrmacht en 1941 – on me l'a appris récemment –, et son entreprise s'est reconvertie dans la fabrication de boîtes de ration des GI dès la Libération…

Heureusement, il y a leurs deux enfants, Victoire et Victor, huit et six ans aujourd'hui, avec lesquels je suis très complice. Je les ai vus grandir depuis notre arrivée à Paris, et ils s'amusent souvent à m'appeler « grande sœur » dans le dos de leurs parents.

Dois-je regretter d'avoir quitté ma Lorraine ? Non. Bien sûr, mon père, mes frères, la maison, la Stub et le jardin me manquent, mais surtout la cuisine de Maman ! Il était si bon de se réveiller le dimanche matin avec des parfums de clou de girofle, de genièvre, de laurier et de chou mijotant dans le vin blanc. Je savais alors qu'elle nous préparait une choucroute. Et puis, au café, le plaisir de croquer dans un kouglof saupoudré de sucre glace…

Oui, Paris m'a redonné l'envie de vivre. La nuit, les cauchemars m'ont quittée et, le jour, la ville ne cesse de m'enchanter. J'aime pousser les portes des immeubles anciens pour y découvrir les cours, des statues, parfois un petit bout de jardin ; en levant les yeux, j'aperçois sur des plaques noircies le nom des écrivains qui ont habité dans ces maisons aujourd'hui un peu délabrées.

Dans les rues, j'entends souvent parler anglais. Ce sont les Américains du plan Marshall qui louent des chambres et des appartements, surtout rive droite. Il paraît que les propriétaires du 8e arrondissement se les arrachent, car ils payent en dollars, alors que les francs perdent chaque mois de leur valeur. Même moi qui ne m'intéresse guère à la politique, je m'en rends compte. Parmi ces Américains, beaucoup sont célibataires, et beaucoup me sourient.

J'ai beau venir de ma campagne lorraine, je ressemble de plus en plus à une Parisienne et j'ai même perdu mon accent. Enfin, presque. Le dimanche, jour du kouglof à la maison, j'ai pris l'habitude d'aller m'acheter un saint-honoré, un gâteau composé de petits choux nappés de crème chantilly. « Quand on habite rue Saint-Honoré, on se doit de goûter le saint-honoré ! » a déclaré ma patronne à mon arrivée, tout en me racontant que c'était un certain M. Chiboust qui avait inventé ce gâteau vers 1840. Et comme sa pâtisserie se trouvait rue Saint-Honoré, il lui avait donné ce nom.

À la terrasse du café Weber,
rue Royale, ciel bleu azur

— *Anna, Ich hab' einen hübschen Italiener getrofen, ich muss ihn dir präsentieren.*

— Louis, s'il te plaît, parle en français, ici, on est à Paris !

— Oui, pardonne-moi, grande sœur. Qu'il fait chaud depuis huit jours ! Ça devient insupportable, à la caserne.

— Sur Radio Luxembourg, ils disent que c'est bientôt la fin de la canicule et qu'on va retrouver un peu de fraîcheur.

— Bon, je te raconte. Hier soir, j'ai fait la connaissance d'un garçon, un Italien.

— Un Italien ? Mais où l'as-tu rencontré ?

— Dans un bal musette de la rue de Lappe, près de la Bastille.

— Et ?

— Et on a bien ri, bien dansé, bien bu aussi ! Il faut que je te le présente. Tu verras, il est drôle – et en plus beau garçon. Je suis sûr qu'il te plaira.

— Parce que tu connais le genre d'homme qui me plaît ?

— Écoute, on s'est donné rendez-vous la semaine prochaine à la Bastille, au bal du 14 Juillet. Je t'emmène !

— On verra, Louis. Tu sais, à Paris, les Italiens n'ont pas bonne réputation. Ma patronne dit qu'ils sont roublards, et qu'il faut se méfier de leurs sourires. Quel âge a-t-il, au fait ?

— Je crois qu'il a un ou deux ans de plus que moi, et il a déjà un métier.

— Quoi ? Dix-neuf ou vingt ans ? Mais Louis, il est bien trop jeune pour moi ! Je viens d'avoir vingt-six ans ! Et puis arrête de vouloir me marier comme mon parrain Wilfried…

— Mais on te donne vingt ans, grande sœur ! Et tu es si jolie ! Surtout depuis que tu t'habilles comme les Parisiennes.

Il éclate de rire.

— Allez, dis-moi que tu viendras.

— Peut-être, Louis, peut-être.

— Anna, faut que je te quitte, je dois rentrer à la caserne à toute vitesse, sinon je risque d'être mis aux arrêts et privé de permission.

Je regarde Louis partir en courant. Il se retourne vers moi et s'exclame avant de disparaître :

— Surtout n'oublie pas, Anna ! Rendez-vous le 14 juillet à huit heures devant la porte de ton immeuble.

J'aime bien le café Weber, au 21 de la rue Royale, non loin de l'appartement de mes patrons. Dès qu'ils me laissent un peu de temps ou que les enfants sont chez leurs grands-parents, je vais y siroter une limonade ; et je pourrais rester des heures à observer les clientes qui prennent la pause dans leurs jupes crayon et leurs robes taille de guêpe. Cet été, elles ne parlent que de la ligne « Profilée » de Christian Dior pour l'automne-hiver. Je sais que je n'aurai jamais leur assurance quand elles allument une cigarette, croisent et décroisent leurs jambes ou commandent d'un air détaché – « Garçon, un Picon-citron ! » –, mais cela m'est égal.

Au Weber, la limonade est bien sûr un peu chère, mais c'est le seul café de Paris qui serve la Lorina de la maison Geyer en Alsace. La première gorgée me ramène aussitôt à Kritzelbourg, où Maman en achetait chez Mme Golly. À présent, je la déguste entre le restaurant Maxim's et l'église de la Madeleine ! Et puis les garçons sont aussi gentils avec moi qu'avec les bourgeoises à collier de perles du quartier, peut-être parce que beaucoup sont alsaciens et reconnaissent mon léger accent. Je termine tranquillement mon verre et en profite pour me repoudrer le nez. Dans le petit miroir, je regarde mon visage et me dis qu'au fond Louis a raison : je ne fais pas mon âge.

Pendant ces cinq années à Paris, je me suis obstinée à chercher l'idéal masculin qui me ramenait à Mathis : une carrure athlétique, des cheveux blonds, une grande mèche sur des yeux bleus, et surtout un garçon avec lequel on ne s'ennuie jamais. Je me suis agrippée à cet amour d'enfance, et je suis allée d'illusion en désillusion. Je me souviens que Mathis et moi, nous pouffions de rire lorsque nous apercevions à l'église la rangée des catherinettes du village. Dire que désormais je suis l'une d'elles ! Je pense à mes deux autres frères qui sont déjà mariés, alors qu'ils sont plus jeunes que moi : Lucien a vingt-trois ans et travaille comme maréchal-ferrant à la forge de Papa, et Lorrain va ouvrir un garage près de la base américaine qu'on annonce.

Je quitte le Weber et remonte la rue Royale avant de retourner chez les Schrubler. Si je ne devais pas rentrer pour cinq heures, je serais allée retrouver Joséphine et sa bande d'amies sur les quais de la Seine : avec la canicule, elles n'hésitent pas à se montrer en bikini ; moi, je n'oserais pas, je suis bien trop pudique. J'imagine aussi les remarques de Maman devant mon nombril nu et préfère les oublier…

Il fait si beau aujourd'hui que je vois tout à coup de l'espoir dans ce ciel bleu azur. Comme si l'été était plein de promesses…

Rue Saint-Honoré, lundi 14 juillet 1952,
huit heures du soir

— *Mein Gott, wie hübsch bist du heute Abend !*

— Louis, je te l'ai déjà dit et je te le répète : perds cette habitude de me parler en patois à Paris !

— C'est plus fort que moi, *meine liebe Schwester*. Et puis, je m'ennuie un peu de la Lorraine. J'ai le *Heimweh*, le mal du pays. Dis donc, tu es à croquer dans cette robe bleu ciel...

— Louis, arrête !

— Tourne-toi, que je te regarde...

Je fais un tour sur moi-même en laissant voleter mon jupon, des passants me sourient. Ce soir, Paris est une fête.

— C'est Maman qui a cousu cette robe. Je l'ai reçue par la poste en début de semaine. Toi, petit frère, avec ton béret et ton uniforme, tu vas faire tomber les filles !

— Obligation d'être en tenue militaire pour le 14 Juillet. Je m'présente : Louis Winckler, troisième bataillon du 24e régiment d'infanterie. Et bientôt caporal. Alors, on y va ?

— On va où ?

— Place de la Bastille ! J'ai donné rendez-vous à la sortie du métro à Antonio.

— À qui ?

— Tu sais, le garçon italien dont je t'ai parlé.

Louis sort un mouchoir de sa poche et s'essuie le front.

— Qu'il fait chaud pour huit heures du soir !

Nous sortons de la bouche du métro de la ligne n° 1. Personne au rendez-vous. Nous attendons depuis dix minutes quand un garçon brun, pantalon sombre, chemise blanche légèrement ouverte sur le torse et manches retroussées, arrive et interpelle mon frère.

— *Come vai*, Louis ? Et *scusi* pour mon retard.

— Antonio ! Heureux de te retrouver. Je te présente Anna, ma sœur.

— Louis m'a beaucoup parlé de vous. Enchanté, Anna.

Je m'attendais à un petit Italien nerveux, et il est là devant moi, grand, calme et souriant. La finesse de ses traits me frappe. Je le sens curieux, il plonge ses yeux noirs dans mes yeux bleus. Nous marchons en direction du bal dont on entend les premiers flonflons. Les pavés sont encore chauds du soleil de l'après-midi, et Louis, en bon Lorrain, se plaint de la chaleur. Lorsque nous arrivons sur la place, partout de la joie. Des visages radieux de femmes, d'hommes et d'enfants, des cris et des rires qui rebondissent, des couples qui dansent serré et valsent au son des accordéons. Au-dessus de nos têtes, dans la lumière du jour qui faiblit, des ampoules lumineuses, rouges, jaunes, violettes, vertes, qui clignotent de gaieté. Elles s'entrecroisent avec des guirlandes de papier bleu-blanc-rouge et j'entends Louis expliquer à son copain italien pourquoi le 14 Juillet est notre fête nationale.

Au moment où nous nous dirigeons vers la terrasse du Corso, juste à côté du Café français, une pluie de confettis s'abat sur nous. Antonio me regarde et éclate de rire. Il trouve que j'ai l'air d'*una sposa*, d'une mariée. Nous nous asseyons à une table et commandons trois bières.

— Trinquons à notre rencontre ! dit Louis.

Ils me donnent l'impression d'être nés pour s'entendre. Antonio s'amuse des histoires que mon frère lui raconte sur sa vie à la caserne. Quand nos regards se croisent, il me sourit, furtivement. Une douceur émane de son visage. Le soleil d'été lui a légèrement bruni le teint, même s'il semble avoir naturellement la peau mate. Il me tend la main pour aller danser. Je lui dis que je ne connais pas bien les pas de la valse, mais je me laisse entraîner sous les « Allez Anna ! Allez Anna ! » de Louis. Nous nous frayons un chemin à travers la foule, bousculés par des enfants qui font le petit train en agitant des drapeaux français, si bien qu'Antonio m'attrape par le bras pour vite trouver une place avant que l'accordéoniste ne recommence à jouer.

Nous voici l'un en face de l'autre. Il place délicatement une main en dessous de mon omoplate, plaque l'autre contre la mienne, et nos doigts se rejoignent. Je pose timidement ma main sur son épaule.

— Je vais vous guider, Anna. Vous n'aurez qu'à me suivre. 1, 2, 3, et encore 1, 2, 3… prévient-il en me montrant les pas.

La musique recommence et nous emporte. J'ose à peine le regarder dans les yeux, nous sommes si proches. Nous virons à gauche, puis à droite et encore à gauche et à droite, et, lorsque la cadence s'accélère, nous tournons sur nous-mêmes, presque enlacés. C'est quand le rythme ralentit que nos corps se détachent. Ses yeux noirs pétillent, son sourire irradie. Autour de nous, des jupes amples resserrées à la taille volent au gré des notes de l'orchestre. Les tissus à pois des femmes se mêlent aux cravates bariolées et aux chemises blanches des hommes. Des petites boules rouges éparpillées flottent dans la nuit, ce sont les pompons des matelots qui s'amusent dans les bras des filles. Fin de la valse. Sur nos visages, la sueur. Et dans mon cœur, la joie.

Nous retournons nous asseoir auprès de Louis qui a trouvé sa cavalière, une jeune fille aux yeux malicieux couleur noisette et aux cheveux blonds crantés, quelques mèches retenues par une barrette à nœud. Charmante. Visiblement une vraie Parisienne, elle. Mon frère fait brièvement les présentations et ils s'en vont danser. Antonio commande une autre bière, moi, je préfère un verre de limonade. Comme d'habitude. Nous restons silencieux, quelque peu gênés de ce premier vrai face-à-face. La chaleur a diminué, maintenant il fait presque bon. Je m'accroche à mon verre et fixe les bulles qui remontent à la surface avec entrain, comme si elles me poussaient à prendre la parole. Je sens bien qu'Antonio m'observe, et je suis sûre qu'il se demande quel âge je peux avoir. Est-ce qu'il me trouve aussi jolie que cette Parisienne aux yeux noisette ? Bien sûr, j'ai quelques années de plus qu'elle – et que lui aussi –, peut-être s'en rend-il compte. Louis m'a affirmé qu'il ignorait s'il avait dix-neuf ou vingt ans.

Finalement, c'est Antonio qui rompt le silence et me demande si je travaille. Je lui explique que je suis gouvernante dans une famille alsacienne depuis cinq ans, et que j'ai de la chance.

— Pourquoi de la chance ? me demande-t-il. Un patron est un patron. Et nous, on n'est jamais assez payés !

Je l'interroge à mon tour et j'apprends qu'il est livreur de journaux. Je m'entends lui répondre sans conviction que mon patron lit *Le Figaro* et *L'Aurore*… Il change brusquement de conversation.

— Si vous voulez, Anna, je pourrais vous emmener en side-car faire un petit tour dans Paris. J'adore la moto. Cela vous plairait ?

— C'est gentil, Antonio, mais on se connaît à peine. Je ne sais pas si je peux accepter.

Le visage d'Antonio s'assombrit, il est visiblement contrarié par ma réponse et ne cherche pas à en savoir plus. Ses yeux noirs fuient mon regard et se perdent dans la foule. Maintenant je m'en veux d'avoir été aussi brutale. Quand mon habitude de dire *non* à tout me quittera-t-elle ? Il me semble que beaucoup de choses nous opposent, comme si une Lorraine et un Italien ne pouvaient pas s'entendre. Mais, au fond de moi, s'éveille le désir fou de désirer la vie.

À cet instant, Louis réapparaît, cette fois avec une petite rousse aux grands yeux verts dans une robe vichy au décolleté plongeant. Aussi charmante que la blonde. Visiblement, mon frère est très fier de cette nouvelle conquête. Nous nous regardons, Antonio et moi, et ne pouvons nous empêcher de sourire. Je m'aperçois qu'il est près de minuit et qu'il me faut rentrer, car demain matin, j'accompagne très tôt mes patrons à la gare. Louis tire de sa poche son harmonica et entonne l'air de *Ce n'est qu'un au revoir*, sous le regard mi-intrigué mi-amusé d'Antonio. J'éclate de rire et les quitte.

J'hésite à me retourner, quelque chose me retient… Comme si ce garçon n'était pas pour moi. J'y réfléchirai demain, mais saurai-je exprimer mes sentiments ? Peut-être qu'écrire m'aidera à y voir plus clair dans ma vie.

9

Anna

L'écrit ça arrive comme le vent, c'est nu,
c'est de l'encre, c'est l'écrit, et ça passe
comme rien d'autre ne passe dans la vie,
rien de plus, sauf elle, la vie.

Marguerite Duras, *Écrire*

Maison familiale du Raincy,
banlieue parisienne, dimanche 18 juin 2000

Enfin seule. J'ai fermé les volets pour garder la maison fraîche. Installée dans le sofa, je dénoue le ruban délavé par le temps qui retient les sept cahiers. Je viens de les retrouver dans notre buffet de mariage qui a fini sa vie dans l'appentis. Je les caresse du bout des doigts, n'ose les ouvrir. Je suis émue. Ces carnets m'ont connue jeune fille, épouse, mère et *bientôt grand-mère*, selon les derniers mots griffonnés en 1982. Je leur ai confié ce que je n'osais dire aux autres. Et parfois à moi-même. Ils savent tout ou presque de ma vie…

Au début, je n'osais pas dire « mon journal », il n'empêche que j'ai écrit pendant plus de trente ans sans que mon mari et mes enfants s'en doutent. Il m'arrivait de tenir mon journal tous les jours et parfois je ne le reprenais qu'un an plus tard, au gré de mes humeurs, de mes grossesses, des maladies des enfants et de la vie avec Antoine.

Comme j'ai aimé noircir ces pages ! Raturées, écornées, tachées, Dieu que je les ai malmenées ! Elles étaient un peu mes souffre-douleurs. Je me revois en 1952 quand j'ai commencé et que j'ignorais si j'allais dépasser les trois premières lignes… C'était au lendemain de ma rencontre avec Antoine. À l'époque, il se faisait appeler Antonio.

Encore seule pour quelque temps… Cahier après cahier, je feuillette trente ans de ma vie. Les événements ont fait de la jeune fille timide et réservée que j'étais le pilier de notre foyer, même si le chef de famille, c'était Antoine. J'ai protégé mari et enfants dans toutes les épreuves. Surtout mon mari ? Je le rassurais et lui m'offrait sa joie de vivre. Comme un pacte entre nous deux.

Les années ont beau avoir déferlé, mon cœur est chahuté par toutes ces pages et je retrouve les mêmes émotions qu'en écrivant…

Premier cahier, 1952-1954

Mardi 15 juillet 1952

Ça commence bien, je ne sais pas par quoi commencer ! Ce matin, je suis allée acheter un cahier Salvador, comme ceux de l'école de Kritzelbourg, quand j'étais assise à côté de Mathis.

J'ai vingt-six ans et je n'arrive toujours pas à avoir confiance en moi. Je me demande même si je me marierai un jour. Pourtant, je ne voudrais pas d'une vie sans enfants.

Hier, au bal du 14 Juillet, Louis m'a présenté un Italien qui m'a invitée à danser. Un garçon très gai, avec de beaux yeux noirs et un sourire charmeur.

1er août

C'est mon premier jour de vacances. Mes patrons sont partis pour deux semaines sur la Côte d'Azur, dans une maison où une gouvernante américaine apprendra l'anglais aux enfants. Moi aussi j'aimerais voir la mer, un jour.

J'ai hésité et finalement j'ai dit non à l'invitation de Charles, l'étudiant en lettres. Et oui à celle d'Antonio, le « bel Italien ». Il va m'emmener faire un tour en « side-car Bernardet attelé à une Soyer de 250 cm^3, une moto historique ». Comme si je m'y connaissais en mécanique ! Suis nerveuse à l'idée de le revoir.

3 août

Pas l'habitude de me coucher aussi tard. Après la moto, Antonio m'a emmenée danser au Caveau de la Huchette, rive gauche. Il a eu l'air étonné que je ne connaisse pas les clubs de jazz de Paris. Trop enfumés et trop bruyants pour moi ! J'ai remarqué que les filles le regardaient, qu'elles étaient maquillées et bien plus jeunes que moi. Mais Antonio est plein d'attentions. Il dit qu'il veut devenir un *gentleman italien*, rien que pour moi.

On se reverra peut-être. J'aime bien Charles aussi, celui qui me parle des heures durant de ses cours de littérature à la Sorbonne.

18 novembre

Neige depuis hier, déjà deux accidents de voiture rue Saint-Honoré. J'ai aidé la concierge à déblayer le trottoir. Elle n'a plus l'âge de faire ça. Elle m'a dit que son petit-fils Jean-Paul en pinçait pour moi. Il est numéro 3 sur ma liste de prétendants.

Victor et Victoire sont impossibles. Le soir, ils ne veulent plus aller se coucher et passent leur temps à regarder « les flocons voler dans le ciel », comme ils disent.

Samedi 22 novembre

Après-midi libre avec Antonio. Paris est tout blanc, on dirait Strasbourg, mais sans le marché de Noël. On a même fait une bataille de boules de neige sur le parvis de Notre-Dame. Les cloches ont sonné et nous nous sommes embrassés. Voilà deux mois que nous nous fréquentons. Je ne m'ennuie jamais, avec lui. Il a toujours une histoire à raconter… et il est tendre. Bien plus que les autres garçons.

22 décembre

Je suis si contente ! Mes patrons me laissent partir à Kritzelbourg pour les fêtes de Noël. Suis triste aussi de quitter Tonio. Il ne m'a pas dit avec qui il passerait le réveillon du 24 ni le jour de Noël. J'ai cru comprendre qu'il n'avait pas beaucoup de famille et je n'ai pas trop osé le questionner. J'ai murmuré à son oreille : « Comme tu aimes mes yeux et que j'aime les tiens, demain je t'offrirai un poème. » Il était tout ému.

23 décembre

Antonio m'a accompagnée gare de l'Est. Sur le quai, je n'arrivais pas à quitter ses bras. Nous nous sommes beaucoup embrassés, plus que d'habitude. Juste avant de monter dans le train, je lui ai glissé dans la poche le poème promis, le premier écrit depuis la mort de Mathis.

Yeux bleus, yeux noirs

Yeux bleus : Ton regard noir m'a attirée et j'ai plongé dans tes yeux.

Yeux noirs : J'ai vu de la pureté et de la douceur dans le bleu de tes yeux. Je suis entré.

Yeux bleus : Dans les tiens, j'ai vu une furieuse envie de vivre.

Yeux noirs : Les yeux ne mentent jamais. Ils parlent avant le cœur.

Yeux bleus : Tes yeux noirs seraient capables de m'entraîner dans l'inconnu... Mais il fait peur.

Yeux noirs : Lorsqu'on est deux, l'inconnu ne fait plus peur.

Anna, la fille du 14 Juillet.

7 mars 1953

Mes patrons ne sont pas contents, ils disent que je m'occupe moins des enfants. C'est vrai, je vois beaucoup Tonio. Mais peut-être que ce sera moins le cas après ce qu'il vient de m'avouer.

En fait, il n'est pas italien mais d'Algérie… Enfin, de Kabylie. Il a fallu que je regarde dans l'atlas des enfants pour situer le pays kabyle et la montagne Djurdjura.

Quel choc ! Huit mois qu'on se fréquente et c'est hier qu'il a reconnu s'appeler *Mohand*, pas Antonio. Et que son nom de famille était *Hamroun*. Moi qui croyais qu'il m'aimait, il m'a prise pour une belle idiote, oui ! Et s'il m'a menti sur ses origines, pourquoi pas sur ses sentiments ? Peut-être, après tout, qu'il aime les blondes et les filles qui ont de la poitrine ? Dire que je me faisais une joie de le présenter à ma famille. Et si je demandais conseil à ma patronne ? Elle s'y connaît, en hommes.

20 juin

Cent jours que je ne l'ai pas revu, et j'ai bien fait.

Il m'a écrit presque tous les jours. La semaine dernière, j'ai reçu une nouvelle lettre. Elle m'a donné envie de donner une dernière chance à… Mohand, puisque c'est son vrai prénom. Ah oui, la lettre ! La voilà, et en plus avec un poème.

Paris, le 12 juin 1953

Je m'en veux tellement de t'avoir menti. Je ne dors plus la nuit.

Mais si je t'avais dit que je m'appelais Mohand, tu n'aurais pas été intéressée par un Arabe. Ça t'aurait fait peur, et tu ne m'aurais plus jamais revu. Alors j'ai inventé que j'étais italien.

Cela me fait tellement de mal que tu me juges comme un mauvais gars. Pourtant, je suis honnête et de bonne famille. Anna, pardonne-moi et donne-moi une nouvelle chance. Je t'aime et je sais que notre vie peut être belle ensemble.

D'ailleurs, c'est la terre et le ciel qui nous ont réunis. Nos deux cœurs sont collés, et si le tien se détache, j'aurai une plaie qui ne guérira jamais.

Je t'en supplie, écris si tu veux encore de moi. Tu es ma femme pour la vie, et moi, je serai ton mari pour le restant de nos jours.

Mille baisers tendres, Anna, ma chérie.

Mohand qui te serre dans ses bras
et qui t'écrit un poème.

Mon cœur est triste loin de toi,
Il a besoin de toi.
Je ne pense qu'à toi,
Je ne suis plus rien sans toi.

22 juin

Tout est oublié. Il m'aime et je crois que je l'aime aussi. Les trois derniers mois ont été trop durs sans le voir.

Antonio m'a dit que je devais l'appeler Antoine, comme on l'appelle au travail – et pas Antonio ou Mohand. Si on se marie, je deviendrai Anna Hamroun. J'ai peur de la tête de mes parents et de celle de Parrain Wilfried quand ils l'apprendront.

10 novembre

Ce matin, mon patron m'a dit que je ressemblais de plus en plus à une Parisienne, et que je devais avoir beaucoup de prétendants. J'ai rougi. Pour une fois qu'il me fait un compliment !

20 novembre

Comment vais-je annoncer à mes parents que celui que j'aime est d'Algérie ? Et puis, j'ai quand même six ans de plus que lui. Je me demande si je ne ferais pas mieux de rompre.

18 décembre

Ce matin, j'ai reçu de Mohand une lettre dans laquelle il me fait sa demande en mariage. Mais cette fois, il l'a signée *Antoine*. J'ai pleuré.

23 décembre

Je pars à Kritzelbourg fêter Noël. Sans Antoine.

Mes parents se doutent de quelque chose, mais comment leur dire qu'Anna Vogel pourrait s'appeler Anna

Hamroun ? Un nom kabyle, pas algérien, insiste Antoine, mais eux ne feront pas la différence. Et puis, il y a le reste de la famille qui dira que j'ai épousé un Arabe et qui me demandera si nos enfants seront musulmans !

7 janvier 1954

Louis vient de me téléphoner chez mes patrons, j'étais un peu gênée. Mais quelle nouvelle ! Papa veut bien rencontrer Antoine (je ne lui ai pas révélé que son vrai nom était Mohand). C'est Maman qui l'a convaincu.

Suis folle de joie. Je vais bientôt me marier. Il y a tant de choses à régler avant…

Samedi 30 janvier

Froid polaire sur toute la France, cela me rappelle l'hiver 44 et la fin de la guerre en Alsace.

Cet après-midi, promenade au canal Saint-Martin avec Antoine. On l'a traversé à pied, car il est complètement gelé. Il faisait – 13 °C. On pouvait louer des patins, mais Antoine n'a pas voulu ; il a dit qu'il perdrait sa place s'il se cassait une jambe.

1er février

Une femme est encore morte de froid cette nuit à Paris.

J'ai entendu l'abbé Pierre, l'ancien député de Lorraine, sur Radio Luxembourg. Il a demandé que l'on vienne en aide à ce qu'il appelle les « sans-abri ». J'ai noté sa prière : « Toi qui souffres, qui que tu sois, entre, dors, mange, reprends espoir, ici on t'aime. » Il réclame cinq mille couvertures, des tentes aussi.

Mon patron m'a envoyée à l'hôtel Rochester, au 92 rue La Boétie, l'adresse que l'abbé a donnée. J'y ai déposé quatre couvertures en laine et un réchaud.

3 août

La radio a annoncé la mort de Colette. Il y a quelques mois, j'ai lu *Claudine à Paris*, et j'ai bien aimé. J'imaginais que c'était un peu *Anna à Paris*… Si j'ai un chat, je l'appellerai Fanchette moi aussi.

27 octobre

Il y a dix ans, Mathis mourait sous les balles allemandes. J'ai encore dans les yeux son regard bleu-vert.

28 novembre

Depuis les attentats de la Toussaint, on ne parle que des « rebelles algériens ». Antoine fait celui qui n'écoute pas les informations, mais je vois bien qu'il est inquiet. Il dit que la Kabylie, ce n'est pas l'Algérie. Et il détourne le regard.

Gaston Dominici a été condamné à mort pour le meurtre des deux Anglais et de leur petite fille dans le

Midi. Pour mon patron, « ce vieux paysan n'a que ce qu'il mérite, vivement qu'on lui coupe la tête ».

Mon père n'a toujours pas donné de date pour notre mariage…

Deuxième cahier, 1955-1957

Samedi 8 janvier 1955

C'est fait, on a une date !

D'abord le mariage civil à Paris, le samedi 7 mai. Et le mariage religieux en famille plus tard.

C'est compliqué, une bénédiction à l'église avec un non-baptisé, mais le curé de Kritzelbourg – celui qui a dit la messe de ma communion solennelle – a promis de tout faire pour qu'on ait une belle cérémonie.

Dimanche 16 janvier

Antoine était nerveux. Il m'a enfin présenté son père à l'hôtel Le Beau Paris, dans le quartier du Marais. Il s'appelle Aghdim, c'est un commerçant en fruits et légumes. Un homme au tempérament autoritaire, mais il m'a bien accueillie. Il va nous donner un peu d'argent pour trouver un appartement car c'est toujours la crise du logement à Paris. On a l'impression que toute la province vient s'y installer ! Bizarre, quand même, que mon beau-père vive à l'hôtel depuis si longtemps. Et en plus, il n'a pas l'air de vouloir en partir.

Lundi 17 janvier

J'ai annoncé à ma patronne que j'allais me marier. Elle a été tout émue. Elle a ajouté que vingt-huit ans, c'était un bel âge, pour avoir un premier enfant, et qu'il ne fallait plus attendre.

Quand j'ai parlé du vrai prénom d'Antoine, elle m'a demandé si c'était un « Français musulman » et si j'étais sûre de mon choix. Je lui ai répondu qu'il avait été éduqué par les Pères Blancs et qu'on ferait baptiser nos enfants. Elle a paru rassurée. Je ne lui en veux pas de m'avoir posé ces questions, elle a toujours été gentille avec moi.

J'ai vraiment de la chance d'avoir obtenu ce poste de gouvernante grâce à Oncle Wilfried. Oh là là, mon parrain ! Faut que je lui annonce la nouvelle…

Jeudi 5 mai

C'est Léonie, mon amie alsacienne entrée il y a six mois comme petite main chez Balmain, qui a confectionné ma tenue de mariage. Une chance ! Tailleur-jupe crayon gris perle, manches trois quarts gansées de satin. Tout le reste sera blanc : les gants, le bibi, le sac et les chaussures. Autour du cou, un collier de perles offert par Parrain Wilfried, et à la main, un bouquet de fleurs rose pâle de ma chère Léonie. Elle sera mon témoin.

Ce soir : dernier essayage.

Samedi 7 mai

Cher journal, je te déclare que ce soir je serai mariée ! Je n'y aurais pas cru il y a trois ans, et je ne regrette rien. Même si je pressens que ce ne sera pas facile d'être mariée à un *Français musulman*, comme dit ma patronne. Louis arrive ce midi de Lorraine, c'est le témoin d'Antoine. Quand nous ressortirons de la mairie à quatre heures, nous serons mari et femme.

Dimanche 8 mai

Belle nuit de noces et maintenant j'ai hâte de vivre avec Antoine. Le bonheur nous tend la main. Il faudra que je repense à ce qu'il m'a dit : « En t'épousant, j'ai épousé la France. »

1er juin

Nous avons trouvé notre premier logement à louer grâce à l'argent du père d'Antoine, qui ne peut s'empêcher de l'appeler Mohand – mais je ne dis rien. C'est un petit deux-pièces au premier étage, rue Daguerre, juste au-dessus d'une boucherie. Bruyant le matin au moment des livraisons, mais je sens que je vais bien aimer ce quartier du 14e arrondissement.

Ici, il y a toutes sortes de gens ; des ouvriers, des artistes, des fonctionnaires et beaucoup d'artisans. Les commerçants sont très gentils aussi. On m'a déjà proposé de travailler dans une bonneterie ou dans une mercerie.

Et puis, il y a ce musicien qui joue presque chaque jour en bas de chez nous, c'est très gai. Cela me change de la rue Saint-Honoré !

3 avril 1957

On l'a appelé Vincent. Mon premier enfant est né et c'est un garçon. Antoine est très fier.

J'ai beaucoup souffert, mais dès que je l'ai tenu dans mes bras, j'ai oublié ces douleurs atroces. Mon beau-père a voulu qu'on donne un prénom kabyle à notre enfant. J'ai dit que c'était hors de question et Antoine était bien de mon avis. On a dit oui pour le deuxième prénom, et Aghdim a choisi Idras. En souvenir, dit-il, de son cousin qui était comme un frère pour lui. *Idras*, cela signifie « être rare », en kabyle.

Vincent Idras, je m'y ferai... Non, je suis injuste avec mon beau-père, Vincent Idras, ça me plaît bien.

Troisième cahier, 1958-1962

21 novembre 1959

La famille s'agrandit. Je viens de mettre au monde notre deuxième garçon. Philippe tiendra de moi, il a mes cheveux blonds et mon teint pâle. Vincent, l'aîné, ressemble déjà à son père.

Tout est allé si vite depuis ma rencontre avec Antoine. Le mariage, l'appartement, les enfants.

Nouvelle bagarre avec mon beau-père pour le deuxième prénom. Finalement, ce sera Jugurtha, « un fier Kabyle », selon lui. En fait, d'après ce que j'ai compris, un prince numide qui a fait la guerre aux Romains dans l'Antiquité. Il a ajouté d'un air buté : « Nous, les Kabyles des montagnes, on a fait pareil : on s'est opposés aux Byzantins, puis aux Arabes, puis aux Ottomans, et même aux Français ! » Me dire ça à moi, alors qu'à Paris on commence à regarder de travers tous les gens un peu basanés et qu'il n'y a jamais eu autant d'appelés du contingent en Algérie…

Jeudi 26 novembre

Sortie de la maternité. Antoine est allé à la mairie du 14e déclarer la naissance de Philippe. Il en est reparti en pleurant. Le préposé l'a regardé bizarrement quand il lui a dit que notre fils aurait pour nom Hamroun et il a ajouté : « Vous avez bien une tête de FMA. Vous êtes en règle au moins ? » Antoine, bien sûr, s'est emporté : « Français musulman d'Algérie, oui monsieur, mais peut-être plus français que vous. » Il a presque fallu les séparer.

Dimanche 3 décembre

Ça ne s'arrange pas. On est allés ce midi présenter Philippe à mon beau-père, et on avait rendez-vous au couscous de la rue de Bretagne. Sur la porte, un simple écriteau : « Fermeture administrative ». Aghdim pense que la police soupçonne le restaurateur d'héberger des réunions du FLN. Il ne va pas non plus dans son café préféré, de peur d'être fiché. On se croirait revenus au temps de l'Occupation ! Tant pis pour le couscous. On s'est quittés dans la rue, et, pour notre sécurité, Aghdim nous a demandé de ne plus venir le voir pendant quelque temps.

Ensuite, il a pris à part Antoine, mais je n'ai pas entendu ce qu'ils se sont confié. Suis inquiète.

Et si Antoine ne me disait pas tout ?

Lundi 4 janvier 1960

Nouvelle année, nouveau travail à Arcueil pour Antoine. C'est plus loin, mais il gagne plus. Il va toucher sa paye en nouveaux francs. Il vient de m'apporter une pièce *à la semeuse* d'un franc, alors que la semaine dernière, la pièce *au coq* valait encore cent francs ! On a l'impression de ne plus rien avoir dans le porte-monnaie et on a du mal à compter. La baguette à 33 centimes, qui l'aurait cru ? Elle valait 30 ou 33 francs en décembre. Les commerçants en profitent pour augmenter les prix. Ils disent qu'ils ne font que les diviser par cent, mais ce n'est pas vrai. Rue Daguerre, ils font trop valser les étiquettes, alors je vais aller plus souvent au marché Mouton-Duvernet.

Samedi 25 juin 1960

Dernier épisode de *Signé Furax* sur Europe 1 (je n'écoute plus Radio Luxembourg depuis que j'ai quitté mes patrons). J'adore Pierre Dac et Francis Blanche. J'espère qu'il y aura une suite au *Fils de Furax* !

8 octobre 1961

Couvre-feu à Paris, mais seulement pour les Algériens. Enfin, pourquoi ? J'espère que cette folie s'arrêtera bientôt. On n'est pas en guerre, quand même !

18 octobre

Six heures du matin, et Antoine n'est pas rentré de la nuit. C'est la première fois depuis notre mariage. D'habitude, il revient bien avant le couvre-feu. Je suis allée hier soir à son arrêt de bus ; on m'a dit que plus un seul ne roulait depuis l'après-midi. J'ai écouté Europe 1, et la police a parlé d'émeutes provoquées par le FLN un peu partout dans la capitale. Dans la nuit, ils ont annoncé deux morts au pont Saint-Michel. Mais jamais Antoine ne se serait rendu sur les quais.

Que lui est-il arrivé ? L'a-t-on gardé à son usine ? A-t-il été bloqué par le couvre-feu ? Pourquoi n'a-t-il pas appelé le voisin du troisième, le seul de l'immeuble à avoir un téléphone ?

J'ai peur pour lui, pour moi, pour nos enfants.

19 octobre

Me suis présentée au commissariat du 14e. Nous étions une trentaine de femmes à demander des nouvelles de nos maris, de nos frères ou de nos fils. Au bout de trois heures, le commissaire a annoncé que la police avait emmené les Algériens suspects dans des centres de détention *pour éviter des attentats* ; qu'il y avait eu des morts, mais très peu ; qu'on allait bientôt relâcher *ceux qui n'étaient pas des terroristes*. Les policiers ont pris nos noms et adresses, et nous ont donné rendez-vous demain. Autour de moi, certaines femmes ont parlé de dizaines de morts noyés dans la Seine. De nouveau, je me dis qu'Antoine n'avait aucune raison d'aller sur les quais. Mais en suis-je si sûre ? Et s'il lui était arrivé malheur ? Brusquement, je me suis revue à Kritzelbourg, quand un matin on m'a annoncé l'exécution de Mathis…

20 octobre

Au moins j'ai du nouveau. Il y a bien un Mohand Hamroun détenu à la caserne de Vincennes depuis le 17 au soir. La police l'a embarqué à l'arrêt de bus de la porte de Versailles alors qu'un cortège du FLN se formait. Il a été considéré comme *suspect*. La police vérifie s'il a été fiché pour *activisme*, *sédition* ou *terrorisme*. Moi, j'ai confiance dans le général de Gaulle et dans la police de mon pays. Je me dis qu'Antoine va s'en tirer. Je pleure en me rappelant ses mots le jour de notre mariage : « En t'épousant, j'ai épousé la France. »

21 octobre

Hier, j'ai entendu sonner en pleine nuit. C'était Antoine. Seul, pas rasé, le manteau déchiré.

Il est entré, n'a pas dit un mot. Je n'arrêtais pas de poser des questions, et lui restait muet, sauf pour déclarer : « Je n'ai rien fait de mal. » J'ai compris qu'il ne fallait pas insister. Je l'ai serré fort dans mes bras, et nous nous sommes couchés. Il n'a pas lâché ma main jusqu'au petit matin.

Dimanche 7 janvier 1962

Galette des rois à la maison. Louis est venu spécialement, mais Antoine est resté dans notre chambre, il n'a pas voulu le voir. J'ai dit aux enfants que Papa était malade. Depuis qu'Antoine a été pris dans ce que certains journaux appellent maintenant une *rafle*, il est différent. Il s'est totalement refermé sur lui-même. Comme si quelque chose de terrible l'avait emporté loin de nous. J'ai toujours manqué de confiance mais aujourd'hui, c'est moi qui essaie de lui redonner le bonheur de vivre. Le jour, les enfants le calment. La nuit, c'est cauchemar sur cauchemar. Il se débat et crie : « *Yemma, yemma !* » J'ai compris que cela voulait dire « Maman » en kabyle.

8 février

Depuis un mois, je n'ai rien écrit. La tristesse a envahi notre maison, les rues, le pays et même les enfants s'en rendent compte. À Paris, on ne parle plus que d'attentats et d'arrestations. Avant, on craignait le FLN et maintenant, c'est l'OAS. Car l'Algérie ne sera bientôt plus française. Le général de Gaulle en a décidé ainsi.

Ce matin a été l'un des pires de ma vie au moment de traverser la place Denfert-Rochereau. Un contrôle de police était installé du côté du boulevard Raspail. Deux policiers se sont tournés vers Antoine et l'ont dévisagé. Il a baissé les yeux, et j'ai vu qu'il commençait à paniquer. J'ai aussitôt demandé à Vincent et Philippe d'aller prendre la main de leur papa : un père entouré de ses fils ne peut être un terroriste ! Ça a marché et nous avons dépassé le cordon de police. Arrivé à la maison, Antoine était blême et il tremblait. Après quelques minutes, il a chuchoté : « J'ai cru que j'allais y retourner. » Je n'ai pu retenir mes larmes. Il m'a prise dans ses bras.

Lundi 9 avril

C'est peut-être la fin du cauchemar. Hier, un référendum a autorisé le gouvernement à ratifier les accords d'Évian : l'Algérie sera l'Algérie, et la France, la France. Égoïstement, je me dis que cette fois Mohand aura le droit de devenir Antoine. C'en est fini des Français musulmans, il n'y aura plus que des Français !

Quatrième cahier, 1963-1967

Samedi 5 janvier 1963

Avec nos deux enfants – et bientôt un troisième –, nous sommes trop à l'étroit rue Daguerre. Il va falloir déménager, mais le retour des pieds-noirs d'Algérie a relancé la crise du logement. C'est la pire depuis la Libération, comment allons-nous faire ?

Vendredi 11 janvier

Antoine a demandé à son père s'il pouvait nous aider car je ne travaille plus depuis la naissance de Philippe. Il a accepté, il paiera au moins la caution de notre prochain appartement. J'irai le remercier à son hôtel. Sans Antoine. Aghdim aime bien quand je viens le voir seule et lui parle de ses petits-enfants. Il me quitte souvent en ajoutant : « Mohand a de la chance de vous avoir. Sans vous, il serait perdu. » Il n'arrive toujours pas à dire *Antoine*. Leur relation est vraiment bizarre, je me demande ce qu'il reproche à son fils.

Samedi 15 février

Naissance de Charles Idir, et tout s'est bien passé ! J'aimerais bien avoir une fille, quand même. Il paraît qu'elles sont plus attentionnées quand les parents vieillissent.

1er avril

Ce n'est pas un poisson d'avril : je viens de recevoir la carte « Famille nombreuse » de la Caisse d'allocations familiales. On ne sera pas vraiment plus riches, mais on pourra partir en vacances avec des réductions dans les trains de la SNCF. Et si on emmenait les enfants au bord de la mer ?

Jeudi 16 avril

C'est fait : on habite passage d'Enfer, avec quinze jours d'avance.

L'adresse fait un peu peur, mais c'est une vieille rue pavée qui donne dans le boulevard Raspail. L'appartement est sombre et n'a qu'une minuscule cuisine, il n'empêche que soixante mètres carrés, cela ne se refuse pas de nos jours. Comme c'est une voie privée, les enfants pourront jouer dehors et l'école, rue Delambre, n'est pas loin. Pour le marché, ce sera une petite trotte… Ça me fera du bien !

17 avril

Quelle bonne première nuit on a passée ! On a même été réveillés par un merle.

Les garçons ont déjà installé le train électrique dans leur chambre. Ils ont pris un premier bain, toujours dans une baignoire sabot, mais ont dit que « le sabot était plus grand que celui de la rue Daguerre ». Ils ont voulu mesurer et ils sont contents d'avoir quinze centimètres supplémentaires pour jouer !

27 octobre

Pour moi, c'est le « jour de Mathis », fusillé il y a vingt ans par les Allemands.

Je n'en ai parlé à personne, même pas à Antoine.

Lundi 1er mai 1967

Comme il fait froid ! Antoine n'a pas trouvé de muguet sur le boulevard. À la radio, ils ont annoncé que Le Touquet était sous la neige. L'an dernier, à la même époque, nous y étions avec le comité d'entreprise d'Antoine et on se serait crus en été. Les garçons avaient pu mettre les pieds dans l'eau. C'était la première fois que je voyais la mer… À presque quarante ans.

22 mai

Je suis enceinte de deux mois, le bébé est attendu fin décembre.

Antoine est sûr qu'on aura une petite fille. Pourvu qu'il ait raison, mais quatre enfants, ça commence à faire beaucoup. Je m'imagine en maman poule, comme à Kritzelbourg quand j'apportais le grain au poulailler, et que tous les poussins suivaient leur mère.

25 mai

Hier, une violente tempête s'est abattue sur la France, il y a eu des morts.

Il paraît que des milliers d'arbres ont été déracinés, et que des vaches ont roulé sur six cents mètres ! J'ai envie de rire en écrivant cela, je les imagine faire des roulés-boulés.

22 septembre

Qu'est-ce qu'Antoine peut m'énerver ! Avant-hier, il m'a dit qu'un voisin au fond du passage « avait mangé les pissenlits par la racine ». Je lui ai dit qu'en Lorraine on ne mangeait pas ces racines, qu'on cueillait juste les feuilles et qu'on les dégustait avec des lardons et des croûtons. Il a ri bêtement et m'a expliqué que cela veut dire être mort et enterré.

Il fait le malin, avec son argot. Juste pour me montrer que lui est un vrai Parigot. Et pas moi.

25 décembre

J'ai donné naissance à une petite fille. Enfin ! Nous l'avons appelée Pauline Tamila et bien sûr Noëlle. Antoine est aux anges, et les garçons pensent qu'ils vont jouer avec elle dès que je sortirai de la maternité. Durant l'accouchement, les sages-femmes ne parlaient que de ça : la légalisation de la pilule. Elles disaient qu'on avait de la chance, nous, les jeunes femmes, de choisir notre contraception. C'est plutôt vrai.

Cinquième cahier, 1968-1971

1er janvier 1968

Quelle belle année qui commence !

Beaucoup de fêtes de famille pour présenter Pauline, et nous avons déjà prévu des vacances au Touquet en juillet. On sera sous la tente dans un beau camping, le comité d'entreprise de la Safma nous a envoyé les photos.

Mardi 14 mai

Je n'ai jamais vu Antoine dans cet état. Il crie, gesticule, rameute les voisins, distribue des tracts ! Et maintenant, il veut lancer une « grève générale » dans son usine, à l'appel des syndicats. Il dit que toute la France va être bloquée. Pour lui, c'est la revanche des ouvriers, et il prétend qu'à côté, la révolte des étudiants, c'est de la « gnognotte ».

Alors, lui fait la révolution et moi, je reste à la maison ? Et qui va payer ses jours de grève ? Si Papa était là, il lui balancerait un grand seau d'eau à la figure pour lui enlever ses illusions !

19 mai

Nouvelle lubie d'Antoine : il veut adhérer à un parti encore plus à gauche que la SFIO, le PSU !

Il a serré la main d'un certain Michel Rocard. Un inconnu, çui-là ! Et en plus, Antoine apprend à Vincent et à Philippe à chanter *L'Internationale* dans le passage. Vivement que le mois de mai se finisse et qu'on parte au Touquet.

Lundi 27 mai

Il est huit heures du soir et Antoine n'est toujours pas revenu. Il est parti au stade Charléty cet après-midi, juste au moment où il y a eu les premières coupures de courant. Ah, le voilà qui revient… avec plein de tracts sous le bras.

12 juin

Antoine est complètement déprimé, son usine a rouvert.

C'est vrai qu'à Paris, tout rentre dans l'ordre. Heureusement, ses vingt et un jours de grève seront payés pour moitié. Mais lui ne voit que le mauvais côté des choses. Moi, je fais confiance au Général, l'homme à la croix de Lorraine.

Lundi 26 juin

À la radio, ils viennent d'annoncer la mort de Françoise Dorléac. Brûlée vive dans un accident de voiture à vingt-cinq ans. Je l'avais découverte dans *Arsène*

Lupin, et j'avais emmené Antoine voir *Les Demoiselles de Rochefort*. Lui préférait sa sœur, Catherine Deneuve.

J'irai mettre un cierge à l'église Notre-Dame-des-Champs.

12 juillet

Promenade au jardin du Luxembourg avec Pauline dans sa nouvelle poussette.

Toutes ces filles qui portent une minijupe, on voit presque leur culotte ! Je trouve que c'est un peu provocant, tout de même. J'espère que ce sera démodé l'année prochaine.

5 novembre

Pauline est dans les bras de son père. Il va mieux. Il fredonne *J'aime les filles* d'un chanteur que je ne connais pas, Jacques Dutronc. Antoine doit aussi penser aux filles du Caveau de la Huchette qui le dévoraient des yeux…

12 août 1969

En vacances pour quinze jours chez mes parents, à Kritzelbourg. Comme je suis heureuse de retrouver toute la famille ! Et c'est bon de se faire gâter par sa maman. Louis s'entend toujours comme larron en foire avec Antoine. L'autre jour, il lui a appris à traire une vache, ils n'arrêtaient pas de rire. Ça change Antoine de ses réunions du PSU.

25 août

Nous sommes à peine de retour que les miens me manquent, surtout Maman. Et si l'on quittait Paris pour la Lorraine ? Antoine a l'air d'aimer la vie là-bas. J'ai le cafard, mais je prépare la rentrée pour mes trois grands et cela me change les idées.

Mars 1970

Depuis qu'Antoine a acheté un poste de télévision, les garçons voudraient la regarder tous les jours. Pour le moment, ils ont la permission de voir *La Piste aux étoiles* le jeudi, et les rediffusions de *Rintintin*, *Ivanhoé*, *Thierry la Fronde* et *Au nom de la loi*.

Samedi 20 juin

Pas le temps d'écrire, déménagement au Raincy. Ce sera la première fois que j'habiterai en banlieue. Mais nous aurons une maison avec un petit jardin et chaque enfant aura sa chambre. Les deux aînés voudraient un chien, Charles, un chat. Je dis adieu à Paris. Quand je pense que j'y suis arrivée le 1er septembre 1947…

10 novembre

Le Général est mort hier, quel choc ! Pompidou l'a annoncé seulement aujourd'hui. Sans de Gaulle, je me demande si on aurait vaincu l'Allemagne. J'irai allumer un cierge à l'église.

Sixième cahier, 1972-1976

5 avril 1972

Antoine est arrivé en sifflotant. Son patron l'a fait monter en grade, maintenant, il est contremaître sur la ligne de production d'appareils frigorifiques de la Safma. Avec deux enfants au collège et un qui vient de passer au lycée, ce coup de pouce est le bienvenu. Cette année, on a décidé d'aller dans les Vosges, à Kruth. Le Touquet attendra !

27 octobre 1974

Mathis, où es-tu ? Quand tu es mort, il y a trente ans, j'ai voulu mourir aussi, mais aujourd'hui ton souvenir s'estompe. Pardonne-moi.

7 août 1975

Je trouve que plus Antoine prend de l'âge, plus il embellit. Il n'aime pas que je lui parle des années qui passent, mais il ressemble de plus en plus à Michel Piccoli. Au mariage de l'un de mes neveux, j'ai perçu à quel point la famille de Lorraine l'avait adopté – mes parents, mes frères, mes nièces… À la soirée dansante, j'ai bien vu comme mes belles-sœurs voulaient toutes l'avoir pour cavalier. Lui qui s'est élevé seul et qui n'osait pas dire qu'il s'appelait Mohand ! Aujourd'hui, il fait rire la galerie quand il prend son accent de titi parisien.

Septième cahier, 1977-1982

Lundi 11 juin 1979

Hier, Pauline a fait sa communion solennelle. Mes deux frères sont venus, Louis qui est son parrain, et Lucien, son oncle. Comme c'était joyeux, ces deux jours à la maison ! Même si j'aurais aimé que Papa soit là, mais il est parti il y a trois mois. Il doit me regarder de là-haut, peut-être même qu'il lit mon journal par-dessus mon épaule…

15 avril 1980

Mort de Jean-Paul Sartre. J'aimais bien le couple qu'il formait avec Simone de Beauvoir, mais pas le militant. Et puis il se trompait toujours de cause. Pour moi, il n'aimait pas la France.

4 avril 1981

Je ne supporte pas Mitterrand et Antoine veut quand même voter pour lui à la présidentielle.

Moi, j'espère que Giscard sera réélu. Pour Antoine, il a fermé trop d'usines en France et mis à la retraite trop de monde. Il a peur pour son emploi ; la Safma vient d'être rachetée par une entreprise allemande.

Lundi 11 mai

Mitterrand, président de la République depuis hier ! Antoine est fou de joie, il pense que la vie va être meilleure en France. Moi, je me méfie des gens qui veulent la changer.

Samedi prochain, mariage de Vincent avec une fille du Nord rencontrée à l'université. Une blonde de plus dans la famille.

11 mai 1982

Cela fait un an que Mitterrand dirige le pays et Antoine est toujours mitterrandiste ! Heureusement que Vincent est plus raisonnable, lui qui vient d'être recruté comme comptable.

Moi, je vais bientôt être grand-mère. Les enfants sont grands et quittent la maison les uns après les autres. Le moment de mettre un point final à mon journal ?

Je n'ai plus à me rassurer ni à avoir peur de la vie. Je l'ai acceptée. Je l'ai aimée, aussi. Au fond, c'est peut-être ça, le bonheur.

10

Aghdim

Enfin, lorsque la nuit a déployé ses voiles,
La lune, au visage changeant,
Paraît sur un trône d'argent,
Et tient cercle avec les étoiles,
Le ciel est toujours clair tant que dure son cours,
Et nous avons des nuits plus belles que vos jours.

Jean Racine, *Poème à monsieur Vitart*

Chambre n° 7, hôtel Le Beau Paris,
quartier du Marais, novembre 1993

J'ai quatre-vingt-quatre ans. Je monte le même escalier et tourne la même clé dans la serrure de ma chambre d'hôtel depuis 1934. Qui pourrait croire qu'un homme veuille rester tant d'années dans une pièce de seize mètres carrés, avec un lavabo, un réchaud et un poste de radio ? Moi. Et je ne regrette rien.

Au fil des années, ma chambre est devenue une prison d'amour, où j'ai attendu Tassadit tous les soirs. Mes nuits ont été plus belles que mes jours et elles le sont toujours. Mais comment expliquer cela à mon fils, au patron de l'hôtel et à son neveu qui a pris sa succession ? Même si je ne pouvais voir Tassadit, sa voix suffisait à me redonner goût à la vie, et à ce que les gens appellent le bonheur. C'est difficile à croire, pourtant pendant des décennies, je n'ai eu qu'un désir, presque une obsession : refermer la porte de ma chambre, l'attendre et l'écouter. À peine sa voix s'était-elle envolée que j'espérais son retour.

Bien sûr j'ai eu des aventures, mais à aucune autre femme je n'ai donné mon cœur. Et je ne me suis jamais remarié. Les premières années, j'ai pensé qu'il me serait facile de claquer la porte du Beau Paris si je voulais retourner en Kabylie, ou plutôt m'établir à Alger pour ne plus dépendre de mon père et des anciens du village. Et puis, quand j'ai retrouvé Mohand en 1950, j'ai aussi retrouvé Tassadit. Et il était hors de question de quitter la chambre n° 7 qui, la nuit, bourdonnait de joie, de paroles et de souvenirs. Comment aurais-je pu en partir si je risquais de la perdre à jamais ? J'ai même refusé de changer de chambre, quand le patron de l'hôtel m'en a proposé une plus grande au premier étage.

Tassadit avait du mal à saisir que Paris est différent d'At Korban, et que les immeubles crépis de la rue au Maire ne sont pas des maisons kabyles en pierres sèches. Je passais des heures à lui décrire ma nouvelle vie, mais souvent elle ne me croyait pas et il fallait tout recommencer. Lui expliquer que j'avais traversé une mer, que je n'étais plus colporteur et que je portais des pantalons. Elle était aussi persuadée qu'on voyait des montagnes de ma fenêtre, et elle me demandait le nom des sommets.

Je ne lui en voulais pas d'oublier ce que je lui disais, mais, bizarrement, elle se souvenait de tout quand il s'agissait de son fils et nous nous sommes disputés plusieurs fois à cause de Mohand. Elle prenait toujours son parti et soutenait que je ne le comprenais pas.

Je me souviens encore de la nuit où je lui ai appris que notre fils allait se marier.

— Tassadit, j'ai une grande nouvelle à t'annoncer !

— Oh, dis-moi, Aghdim.

— Ton fils va épouser une belle jeune femme blonde aux yeux aussi bleus que le ciel au-dessus du Djurdjura quand le soleil brille.

— Mohand va épouser une Kabyle ?

— Non, pas une Kabyle. Une Lorraine.

— Une Lorraine ? Mais de quelle tribu est-elle donc ?

— Une tribu française dans une région où il n'y a pas de montagnes.

— Alors la terre doit être riche et porter beaucoup d'enfants. Comment s'appelle la promise ?

— Anna.

— Ce n'est pas kabyle, mais c'est joli. Est-ce que tu as parlé de la dot avec son père ?

— Non.

— Mais, il n'y a pas de mariage sans dot ! Que vas-tu offrir à la famille de la tribu française ? Des chèvres ? Des béliers ? Des bijoux de notre famille ?

— Tu sais bien que je suis parti sans rien emporter d'At Korban.

— Pourquoi souris-tu, Aghdim ? On ne plaisante pas avec la dot !

— En France, Tassadit, on n'offre pas de bétail à la famille. Et pour les bijoux, juste une bague pour la mariée.

— Juste une bague ? Même pas un tapis ou des robes brodées ? J'en avais deux…

— Je t'ai déjà dit que les Français sont différents des Aït Sedka, ce ne sont pas les mêmes tribus.

— J'ai du mal à comprendre… Mais je serai avec mon fils pour son mariage.

— C'est vrai ?

— Oui, et personne ne me verra ni ne m'entendra, même pas toi.

Silence.

— Tu as été une si jolie mariée, Tassadit. Tu t'en souviens ? Pour moi, c'est comme si c'était hier.

— Tu sais, Aghdim, tu devrais songer à te remarier.
— Jamais ! Tu m'entends ? Jamais !
— Mais moi, je vis dans l'autre monde...
— Et alors ?

Une autre nuit – c'était en hiver –, Tassadit n'était pas d'humeur à plaisanter.

— Dis-moi, Aghdim, quelle lune sommes-nous ?

Elle disait « nous » pour me faire plaisir.

— C'est la première lune, nous venons de fêter Yennayer, le nouvel an.

— Quoi ? Yennayer est passé ? As-tu sacrifié un coq pour protéger Mohand et Anna des forces maléfiques ?

— Un coq ? Mais...

— Oh, Aghdim, ne me dis pas que tu as oublié !

— Mais enfin, Tassadit, tu m'imagines, dans ma chambre, là, en train de tuer un coq ?

Éclats de rire.

— Tu peux arrêter de rire ?

— Je t'assure, il n'y a ni cour ni jardin à côté de ma chambre. Et personne n'a de troupeau dans cet hôtel.

— Quel dommage !

C'était son expression favorite quand elle ne comprenait pas.

— C'est ton devoir de père, de protéger ton fils et ta belle-fille ! Mohand a passé dix ans loin de notre village, et il ne connaît plus bien nos coutumes. Il faut les lui apprendre. Tu m'entends, Aghdim ?

— Oui, oui, bien sûr…

— Bon, puisque tu ris encore, je préfère m'en aller !

Après cette nuit, Tassadit n'est pas revenue pendant près d'un mois. Sans doute était-elle fâchée. Et l'année suivante, la fête de Yennayer a de nouveau été un motif de dispute, cette fois à propos d'une recette de cuisine.

— Tassadit, j'ai besoin de toi. Anna veut faire plaisir à Mohand pour fêter la nouvelle année et lui préparer un couscous. Mais pour une Lorraine, c'est un peu difficile…

— Quoi ? Ils ne mangent pas de couscous en Lorraine ?

— Non. De la choucroute.

— Connais pas. Donc, tu veux la recette du couscous de Yennayer ?

— Tu as bien compris. Alors ?

— Tu sais, les couscous d'hiver sont spéciaux. D'abord, est-ce que ses *ikufans* sont encore pleins ? Mais pourquoi ris-tu ?

— Pour rien, Tassadit. Pardonne-moi, je t'écoute.

— Pour le couscous de Yennayer, on ne prend que des légumes secs de la récolte précédente.

— Ah bon, pourquoi ?

— Mais enfin, Aghdim ! À la dernière lune de l'année, tu sais bien que les légumes nouveaux dorment encore sous terre. Il faut donc préparer le bouillon sans navets, carottes ni courgettes, mais avec sept légumes secs.

— Pourquoi sept ?

— Parce que c'est la tradition, et qu'on ne change pas une tradition. Donc Anna doit avoir des pois chiches, des petits pois secs, des pois cassés, des fèves sèches, des lentilles, des haricots blancs et des haricots œil noir. Tu es sûr que ses jarres sont encore pleines ?

— Oui, oui, ne t'inquiète pas.

— Répète ce que je viens de te dire, alors.

— Il faut des pois chiches, des petits pois secs, des fèves sèches, des haricots blancs et… j'ai oublié les autres.

— Tu n'as plus de tête, mon mari. Des haricots œil noir, des lentilles et des pois cassés. Tu t'en souviendras ?

— Oui, oui. Et pour la viande ?

— Tu feras cuire du mouton. Mais qui va le tuer ? Toi ?

— Ni moi ni Mohand !

— Mais alors qui ? Aghdim, tu me réponds au lieu de rire encore ? Tu sais, parfois, je ne te reconnais plus.

— Mais Tassadit, il faut que tu comprennes qu'à Paris, on ne tue pas les bêtes dans sa cour. On va chez le boucher pour acheter de la viande comme au marché de Mechtras.

— Mais alors, Paris, c'est très grand ?

— Oui, et il y a beaucoup de boucheries.

— Bon, pour la graine de couscous, tu diras à Anna de prendre des grains de blé dur ou d'orge, selon ce qui lui reste. Et quand la semoule sera cuite, Aghdim, tu lui montreras bien comment la rouler avec les doigts. N'oublie pas qu'elle doit mouiller la semoule avec un peu d'huile d'olive avant de la travailler. Et surtout, dis-lui que, la prochaine fois, c'est elle qui goûtera mon couscous !

— J'aimerais bien, mais…

— Tu ris encore ?

— Tu es si drôle, ce soir, Tassadit !

— Eh bien, si tu te moques de moi, bonne nuit, Aghdim !

À peine me suis-je endormi que la revoilà qui me murmure à l'oreille :

— Aghdim, réveille-toi, et dis-moi quels sont les sept légumes du couscous de Yennayer. Je t'écoute.

— Tassadit, je dors. S'il te plaît, laisse-moi tranquille.

— Alors, les sept légumes ? J'attends, Aghdim. Tu ne veux pas me répondre ? Tant pis pour toi, je te quitte !

Avec Tassadit, l'automne était toujours difficile. Chaque année à cette saison, elle me réveillait la nuit…

— Aghdim, réveille-toi !

— Je dors, laisse-moi.

— Mais c'est moi, Tassadit.

— Tu es dans ma chambre ou dans mon rêve ?

— Mais non, je suis là.

— Aghdim, je t'en supplie, dépêche-toi, tu es déjà en retard.

— En retard ? Mais il n'est que cinq heures du matin et il fait encore nuit.

— Lève-toi, la cueillette des olives va bientôt commencer. J'entends déjà les youyous des femmes qui descendent dans la vallée.

— Quoi, les youyous des femmes ?

— Écoute bien, ils résonnent de village en village. Allez, sors du lit, va au moulin et assure-toi que les hommes du village ont préparé le pressoir ! Et vérifie que tout est bien accroché sur le dos de Tila, les paniers, les filets, les peignes et l'échelle. Je partirai avec ma sœur Dyhia. À ce soir !

— Mais…

— Vite, Aghdim, tu es en retard !

— Tassadit, il n'y a pas d'oliviers ni de figuiers à Paris. Et Tila est partie dans l'autre monde depuis longtemps. D'ailleurs, si tu la vois, souffle-lui dans l'oreille que je pense toujours à elle…

*

J'ai quatre-vingt-six ans, l'âge où mon père est mort. Voilà deux ans que Tassadit s'est éloignée. Peut-être parce que nous serons bientôt réunis. À moins qu'il y ait une raison plus profonde, car, la dernière fois, elle m'a reproché de ne pas avoir été un bon père pour Mohand.

C'est vrai, je m'en veux. J'ai été dur, cassant avec lui, comme mon père l'avait été avec moi. Et pas plus que lui, je n'ai été capable de dire « C'est bien, mon fils », ni d'accorder une place aux sentiments. Comme Mohand, j'ai perdu ma mère très jeune, j'avais tout juste cinq ans. Pourquoi ne me suis-je pas aperçu que je reproduisais avec lui ce que j'avais subi moi-même ? J'ai été aveugle à sa souffrance.

Je l'avoue. Lorsque mon fils est arrivé à Paris en 1950 et qu'il est venu toquer à ma porte, j'avais plus de quarante ans et tout à coup je me suis senti vieux devant tant de puissance et de beauté. Et puis, sa présence me renvoyait sans cesse au bonheur qui s'était fracassé à sa naissance. Au fond, je crois que je n'ai jamais réussi à accepter mon destin, la mort de ma mère, puis celle de Tassadit. Je me suis toujours demandé pourquoi le malheur m'avait si cruellement frappé, pourquoi le bonheur d'avoir une famille m'avait été refusé. Qu'avais-je donc fait ?

Je prends enfin conscience que les épreuves ont fait de moi un homme égoïste et jaloux, soucieux de préserver le secret de ses nuits. Et ce huis clos que j'ai préservé avec Tassadit m'a empêché de donner de l'amour à mon fils et de prendre soin de mes petits-enfants…

Et si j'étais devenu fou ? Fou d'amour, mais fou quand même. Quand j'ai fui la Kabylie, en 1933, on me disait que c'était courageux. Mais l'était-ce vraiment ?

Ne suis-je pas plutôt parti pour me libérer de l'autorité de mon père et des traditions qui m'étouffaient ? Je crois que j'ai été aussi jaloux du bonheur de Mohand, de sa réussite dans son métier, de son mariage, de ses quatre enfants, de sa grande famille de Lorraine, de ses amis… Mohand a eu la chance de rencontrer Anna, l'épouse et la mère exemplaire qu'aurait été Tassadit, sans aucun doute. Je lui ai souvent répété sur le ton de la plaisanterie : « Sans Anna, tu serais perdu, mon fils ! » Inconsciemment pour le rabaisser ? En fait, j'enviais sa famille, celle que je n'avais jamais eue.

J'ai par-dessus tout honte de n'avoir jamais révélé à Mohand la vérité sur sa naissance. Il est persuadé que c'est sa mère qui l'a élevé jusqu'à ses sept ans et je n'ai pas eu le courage de lui avouer qu'il s'agissait de sa tante Dyhia. Un secret que j'ai gardé plus de quarante-cinq ans. Mais de quel droit ? Qu'est-ce qui m'a retenu pendant toutes ces années ? La peur de lui faire porter la culpabilité de la mort de sa mère ? Peut-être. Je ne sais combien de temps il me reste à vivre mais je sais qu'il m'est compté. Avant de partir dans l'autre monde, je voudrais raconter à Mohand son histoire, *notre* histoire. Et surtout lui dire…

comme sa maman était joyeuse
quand il était dans son ventre,
comme elle a été fière
de mettre au monde un garçon.

Que Tassadit était aussi jolie
qu'une fleur d'amandier au printemps
et rayonnante comme le soleil
qui se couche sur la montagne Djurdjura.

Il me tarde de la retrouver.

11

Pauline

Mon chagrin, saisis-moi la main ;
là, pour toujours.

Georges Perec, *La Disparition*

Paris, dans mon appartement,
jeudi 14 mars 1996,
quatre heures de l'après-midi

— Allô, Pauline Bressac ?

— C'est moi.

— Bonjour madame, je suis infirmière au service de gériatrie à l'Hôtel-Dieu et…

— Vous m'appelez à propos de mon grand-père ?

— Oui, et je n'ai pas une bonne nouvelle. Il est décédé il y a une heure.

— Mon grand-père est mort ?

— Malheureusement.

— Mais… Je l'ai vu avant-hier ! Il me disait qu'il avait de nouveau faim et qu'il voulait se promener dans le jardin de l'hôpital…

— Oui, le médecin a été lui-même surpris et ce matin encore, il allait bien. Vous savez, il s'est passé quelque chose d'étrange.

— Quelque chose d'étrange ?

— À midi, lorsque je lui ai servi son repas, votre grand-père m'a annoncé sa mort en me regardant droit dans les yeux.

— Comment ?

— Il m'a dit très exactement : « À trois heures, je ne serai plus là. » Moi, je lui ai répondu que je ne voulais pas entendre ce genre de bêtises et que bientôt il rentrerait chez lui. En partant, je lui ai même souhaité bon appétit… À quinze heures, quand je suis revenue le voir, ses yeux étaient fermés, ses deux mains reposaient sur sa poitrine et son cœur ne battait plus.

— Mais s'il allait bien ce matin, comment a-t-il pu mourir si soudainement ?

— C'est difficile à croire, en effet. Je pense que votre grand-père a tout simplement décidé de l'heure de sa mort.

— Mais on ne choisit pas son heure pour mourir !

— Vous savez, cela fait trente ans que je suis infirmière et j'ai remarqué que certaines personnes âgées ont ce genre de pressentiment. En fait, à midi, votre grand-père m'a confié : « À trois heures, je ne serai plus là car je vais retrouver Tassadit, ma femme. Celle que je n'ai jamais cessé d'aimer. »

— Qui ça ? Tassadit ?

— C'est bien cela. Et j'en ai conclu que vous aviez perdu votre grand-mère il y a peu.

— Ma grand-mère ? Mais personne ne l'a connue dans la famille ! Et jamais il ne nous a parlé d'elle.

— Oh, excusez-moi, je suis vraiment désolée…

— Et mon père, son fils, vous l'avez prévenu ?

— Non, votre grand-père a exigé qu'on vous prévienne, vous. Et il m'a aussi fait promettre de bien vous répéter ses derniers mots. Votre grand-père, on peut dire qu'il avait un sacré caractère !

— Oui, et il était sacrément autoritaire aussi…

— Madame, si cela peut vous consoler, dites-vous que votre grand-père a lui-même choisi la date et l'heure de son dernier soupir. Et qu'il est parti heureux. C'est une belle fin, vous ne trouvez pas ?

J'acquiesce et marmonne quelques mots de remerciement tout en essayant d'imaginer comment annoncer la nouvelle à mon père et à mes frères.

Je suis à la fois sonnée et abasourdie. Sonnée par la disparition de mon grand-père, Aghdim, lui, le Kabyle si fier d'avoir refait sa vie en France. Et abasourdie d'entendre le prénom de cette grand-mère inconnue,

Tassadit. Pour moi, elle se résumait à huit lettres écrites à la main dans un livret de famille jauni par les années, rien de plus. Chez nous, il se murmurait que Grand-Père avait quitté la Kabylie en abandonnant femme et enfant. Par conséquent, ni mes frères ni moi ne nous étions risqués à poser des questions. Par crainte de réveiller une douleur ou bien de découvrir un secret peu reluisant. C'était notre façon de protéger notre père de son passé.

Tout à coup, l'absurdité de la situation m'apparaît : mon grand-père vient de rejoindre « celle qu'il n'avait jamais cessé d'aimer », et j'ignore tout, absolument tout de cette femme. À l'exception de son prénom.

Cimetière de Thiais, région parisienne,
samedi 16 mars 1996, onze heures du matin

Il est là devant nous, dans un linceul. Cet homme, c'est mon grand-père.

Le linceul blanc et le ciel bleu, j'y vois comme un signe d'espérance. Peut-être le printemps qui nous salue. Un rayon de soleil éclaire son visage incroyablement épargné par le temps. Encore quelques instants, et l'on ferme son cercueil. Je regarde Papa, qui se tient droit, le visage fermé, impassible devant le corps de son père. J'ignore s'il a de la peine. Il me semble être ailleurs.

Peut-être que cette mort le renvoie à ses années d'orphelinat en Kabylie. Ou à son arrivée à Paris un soir de mai 1950, lorsqu'Aghdim l'a accueilli d'un glaçant « Qui es-tu, toi ? ». Comment mon grand-père a-t-il cohabité avec ce jeune inconnu qui était pourtant son fils ? Et même s'il a veillé à sa bonne éducation, a-t-il été autre chose qu'un père par défaut ? Je n'arrive pas à détacher mon regard de Papa. J'aimerais que ses yeux me disent s'il a aimé son père et s'il a été aimé en retour. J'y réfléchirai demain.

Une allée de peupliers nous mène dans le carré musulman, dont les tombes indiquent la direction de La Mecque. Nous voici dans l'avenue est du cimetière de Thiais, à quelques mètres de sa dernière demeure. L'imam lit la prière des morts. Parmi nous, rares sont ceux qui savent lui répondre et dire les bonnes sourates… Je ne peux m'empêcher de sourire quand j'entends Maman réciter le *Notre Père* à voix basse. Aghdim, si tu entends cette prière catholique, je suis sûre que tu souris aussi.

Nous sommes peu nombreux, à peine une dizaine, à nous retrouver au café qui jouxte le cimetière. Deux lointains cousins sont présents ; l'un est spécialement venu d'Alger, c'est le fils d'Azal, cousin le plus proche de notre grand-père, mais Papa le connaît à peine. L'autre possède un restaurant de couscous dans le centre de la France et nous donne régulièrement des nouvelles. Lui retourne souvent en Kabylie. L'atmosphère est légère malgré notre tristesse. Nous nous consolons en pensant que Grand-Père a eu la chance de vivre jusqu'à quatre-vingt-sept ans sans jamais avoir été malade. Nous échangeons des souvenirs lorsque papa, la voix grave, se met à évoquer Tassadit.

— Ma mère, vous ne l'avez pas connue, mais c'était une jolie femme. Élancée, les yeux verts, de longs cheveux blond vénitien…

Il s'interrompt un instant et me regarde.

— Tu sais, Pauline, tu lui ressembles beaucoup…

Je n'ose l'interrompre. Maman hésite et se retient. Papa poursuit sur un ton exalté :

— Je me souviens qu'elle me portait sur ses épaules quand on allait se promener. Je me souviens aussi d'une allée de lauriers-roses et d'un champ de figuiers… Elle m'emmenait à la petite fontaine, celle en bas du village près du ruisseau, et elle voulait toujours qu'on cueille des fleurs. Elle disait que les parfums rendaient la vie plus belle…

Mes frères et moi sommes suspendus à ses mots : c'est bien la première fois qu'il parle de notre grand-mère. Peut-être parce que son père n'est plus et qu'il cherche à se raccrocher à celle qui lui a donné la vie. Je regarde Maman et je sens qu'elle se pose la même question que moi : pourquoi n'avoir jamais dit que je ressemblais à ma grand-mère pendant toutes ces années ? Des images du film de son enfance kabyle défilent devant mes yeux : un ciel bleu sur lequel se détache la montagne Djurdjura, une maison de pierres sèches, des mulets sur des chemins poussiéreux… J'imagine Papa heureux sur les épaules de cette inconnue dont je prends conscience pour la seconde fois en quelques jours. Néanmoins, tout est trop flou et Tassadit reste une énigme.

Papa continue pendant de longues minutes de parler de sa maman quand, semblant n'y plus tenir, le cousin d'Alger lui coupe la parole sans ménagement.

— Mais cousin, cette belle femme que tu décris, ce n'était pas ta mère ! C'était ta tante Dyhia !

— Ma tante ? Mais qu'est-ce que tu me racontes là ? Bien sûr que c'était ma mère ! Je me souviens d'elle comme si c'était hier…

— Non, je t'assure, cousin. Ta maman, tu n'as pas pu la connaître.

— Comment ? Pas pu la connaître ? Elle est morte quand j'avais sept ans et je m'en souviens très bien… Alors arrête !

— Écoute-moi, cousin, je t'en prie.

— Pour me dire quoi ?

— Mohand, que louanges soient faites au ventre qui t'a porté – à Tassadit –, mais elle est morte quelques heures après t'avoir donné la vie. Crois-moi, c'est bien ta tante Dyhia qui t'a élevé. La malheureuse est tombée malade à son tour et elle nous a quittés quand tu as eu sept ans. Comme il n'y avait plus aucune femme dans la famille pour t'élever, tu as été placé dans un orphelinat des Pères Blancs, celui qui était le plus proche de notre village. Et tu y es resté dix années avant de retrouver Aghdim à Paris.

Le visage de Papa se fige. Dans ses yeux, l'effroi. Il prend sa tête entre les mains et s'effondre en pleurs. Nous, ses enfants, sommes tétanisés. Maman se lève et vient le réconforter. Dire qu'il a attendu soixante-trois ans pour apprendre la vérité sur sa mère ! Ce double choc et ce double deuil le même jour, c'est trop injuste. J'ai si mal pour lui. Et bizarrement, mal pour Tassadit aussi, cette mère qui aura à peine eu le temps de tenir son fils dans ses bras. Je ne peux m'empêcher de penser : « Grand-Père, pourquoi as-tu gardé ce lourd secret pour toi ? Pourquoi nous avoir caché qui était notre grand-mère ? »

Le lendemain de l'enterrement, je suis encore bouleversée par les révélations du cousin d'Alger, et dans ma tête, les questions se bousculent. Comment mon grand-père a-t-il pu entretenir un tel mystère autour de la naissance de son fils ? Par pudeur ou bien pour le protéger ? Il y a aussi un côté obscur dans la réaction de mon père : comment a-t-il ignoré si longtemps la vérité sur sa mère ? Peut-être la connaissait-il et l'a-t-il enfouie en lui ? En confondant sa tante et sa mère dans son souvenir, il aurait vécu dans le déni et se serait construit une enfance plus joyeuse. Dans un effort désespéré de normalité ? Autant d'interrogations qui demeurent sans réponse. Je comprends désormais que non, Aghdim n'a pas abandonné Tassadit pour émigrer. Et que cette femme n'a jamais quitté ses pensées. Au moment de mourir, c'était encore à elle qu'il songeait…

Je sais enfin que je ne ressemble pas à ma grand-mère, mais à ma grand-tante. Peut-être Papa, sans me l'avoir jamais dit, aimait retrouver en moi les yeux verts et les cheveux blond vénitien de Dyhia. Je m'en veux maintenant de n'avoir jamais posé de questions à Aghdim sur cette grand-mère inconnue. Si seulement je pouvais retrouver une photo d'elle, jeune fille !

Reste Papa. Aurai-je un jour le courage de l'interroger ? Il a déjà été tellement malmené par la vie. À quoi bon le tourmenter davantage ?

12

Mohand-Antoine

Avec tes yeux tu t'agrippes au bord de ton être
Comme un homme qui est suspendu
dans le vide et qui va lâcher,
Et qui va tomber dans son gouffre intérieur…

Pierre Bettencourt,
La Bête à bon Dieu

Enfermé dans ma chambre,
enfermé dans ma tête, Le Raincy, juillet 2015

Je ne quitte presque plus mon lit. Depuis combien d'années ? Incapable de me souvenir ! Le temps s'est arrêté. Ma vie aussi. D'abord, je n'ai plus été capable de marcher ; puis de tenir une fourchette. Et peu à peu, les mots m'ont quitté. Moi qui aimais tant parler, plaisanter, charrier ceux que j'aime, je n'arrive même plus à prononcer « je » ou « moi je ». Si les gens qui ne sont pas malades savaient comme c'est bon de dire « moi » ! Mon identité s'est déchirée au fil des saisons et, aujourd'hui, je me sens comme rayé de la carte des vivants.

Je reste couché pratiquement toute la journée, dans un état de somnolence qui, il y a quelques années, m'aurait effrayé. Plus maintenant, je m'y suis habitué. Je sais seulement que je ne ressemble pas à quelqu'un qui dort et pas encore à un être qui n'est plus de ce monde. Parfois, j'ai l'impression de m'égarer dans un brouillard. Comme une matière molle qui m'enveloppe et m'empêche d'ouvrir les yeux. C'est à peine croyable, mais ouvrir les yeux devient difficile. Et, à force de ne plus bouger, mon corps s'est ankylosé, si bien que j'ai quelquefois l'impression que les draps m'emprisonnent au lieu de me couvrir. Comme je dors en chien de fusil, c'est aussi un supplice à chaque fois que je veux changer de position. Depuis peu, je ne tiens plus debout, je ne peux que demeurer assis sur le bord de mon lit ou dans un fauteuil… et encore : à condition qu'on m'aide. Au moindre effort, je sens que mes jambes me lâchent, que mes genoux se dérobent…

Quand la nuit vient, l'inquiétude me gagne. Comme les bébés qui pleurent le soir venu. Le moindre bruit me fait sursauter, les ombres me font peur ; j'y vois des êtres menaçants qui s'approchent et veulent m'agresser. Je les repousse de la main, essaie de les frapper. Et je crie. J'entends aussi que l'on me crie dessus, c'est l'un de mes fils qui retient mon bras.

— Mais enfin, Papa, arrête de taper ! C'est moi, ton fils. Qu'est ce qui te prend ?

Il arrive que mon cerveau disjoncte – je ne trouve pas d'autre mot –, et que je ne puisse plus rien contrôler, ni mes angoisses ni mes délires. D'où cette violence aveugle. On me donne alors quelques gouttes de Xanax ; on dit que c'est « pour m'apaiser ». Même si dans ma famille, personne n'ose prononcer le mot *Alzheimer*, je le lis sur les lèvres des auxiliaires de vie et des médecins.

Le jour où Anna est morte, j'en ai un souvenir très précis, même si je ne me rappelle pas la date. Mes enfants n'ont pas osé me le dire, j'ai compris qu'ils voulaient me protéger. Pour ne pas ajouter de la souffrance à la souffrance ? De toute manière, ils n'ont pas eu besoin de me l'annoncer : je le savais. Le soir de sa disparition, ma femme se tenait là, devant moi, et elle souriait. Elle était venue me dire au revoir. Avec ses cheveux bouclés blonds et ses yeux gris-bleu, elle était comme un ange. Elle m'a demandé de ne pas la rejoindre trop vite et de tenir pour nos enfants et nos petits-enfants. Elle a aussi promis de revenir et m'a tendu la main. J'ai voulu la saisir pour l'embrasser, mais elle l'a aussitôt retirée. De peur que je la suive ? La vision s'est tout à coup brouillée et elle a disparu. Je me suis alors enfoncé dans des ténèbres plus profondes et la douleur est devenue atroce. J'ai crié comme je n'avais jamais crié encore, et mes enfants ont pris peur. Peur de ma douleur et, pour la première fois, peur de moi aussi. Je l'ai vu dans leurs yeux. Je n'étais plus le père qui les consolait et les réconfortait, j'étais devenu un cri… J'ai eu si honte. Combien de fois ensuite les ai-je entendus parler de leur maman en chuchotant et s'empresser de fermer la porte de ma chambre pour que je ne perçoive pas leurs mots ?

Depuis qu'elle nous a quittés, Anna me rend souvent visite, et elle me fait rire. Sur terre, elle était si sérieuse, mais depuis qu'elle est là-haut, elle est gaie et me rappelle nos premiers fous rires. Bizarrement, j'arrive encore à prononcer son prénom à haute voix, et mes lèvres ne s'en lassent pas. Quand je l'appelle, je répète « Anna, Anna », plusieurs fois dans ma somnolence. Et elle vient. La souffrance s'éloigne.

Alors que je suis recroquevillé dans cette vie, le plus humiliant pour moi est d'être traité comme un enfant. « Après votre toilette, vous serez tout beau, tout propre ! », « Alors, on a bien mangé aujourd'hui, hein ? », « Allez, c'est l'heure de vous mettre en pyjama… » Certains jours, je n'en peux plus et je hurle ma colère. J'aimerais les y voir, à ma place, les médecins, les infirmières, les auxiliaires de vie. J'ai été un mari, un chef de famille, et on m'enlève toute dignité. À quoi bon vivre ainsi ? Ma consolation, c'est d'avoir des enfants qui, pour rien au monde, ne m'enverraient finir mes jours hors de ma maison et de celle d'Anna.

Deux ans plus tard,
dans cette même chambre, mai 2017

La nature me manque. De plus en plus. Moi qui ne suis jamais resté une journée sans sortir de la maison et sans marcher, me voici cloué sur mon lit. « Comme le Christ sur la croix », aurait dit le Père Antoine. J'ai fini par oublier les couleurs du temps, le bleu soleil, le gris pluie et le blanc neige. Je ne sais même plus ce qu'est un ciel étoilé et je n'attends plus l'arrivée du printemps et des premiers lilas. J'en offrais toujours à Anna pour que le parfum des beaux jours se disperse dans notre salle à manger. À présent, les saisons comme les jours glissent sur moi.

Heureusement qu'il y a les souvenirs amis, ceux qui me font du bien. Avec eux, je m'évade et retrouve la sensation du bonheur. Là où je retourne le plus souvent, c'est dans notre maison de Kruth, dans les Vosges. Je dis toujours « notre maison », même si c'était une location d'été. Une bâtisse entourée de sapins au sommet d'une colline, tout près de la ferme des Nussbaum. En contrebas, mi-rivière mi-torrent, la Thur qui grondait. Je retrouve la haie de framboisiers qui régalaient les enfants et, plus loin, le pré où les moutons bêlaient de gourmandise pour quelques fanes de radis et de carottes ; à l'horizon, le clocher de l'église et son carillon aigrelet rythmaient nos vacances.

La famille de Lorraine adorait venir et j'en nourrissais de la joie et une certaine fierté. Au fil du temps, elle était devenue *ma famille.* Oncles et tantes, beaux-frères et belles-sœurs, neveux et nièces, tous se retrouvaient à Kruth, certains, pour une balade à la cascade Saint-Nicolas, d'autres, pour quelques jours. La maison était toujours pleine. Dès le matin, il fallait attendre son tour pour passer à la douche, puis en cuisine, ça discutait ferme en patois autour des spécialités vosgiennes, les râpés de pommes de terre et les *Knepfles*, des sortes de quenelles à la sauce tomate et aux croûtons… Pour l'apéritif, j'offrais du pastis : ça les changeait de leurs habitudes de bière, et tous y avaient pris goût, les hommes comme les femmes. À table, les conversations étaient parfois animées quand on parlait politique, mais dès que les tartes aux quetsches arrivaient, on oubliait Marchais, Giscard, Mitterrand et Chirac. Louis, le petit frère d'Anna, tirait de sa poche un harmonica, on se mettait à chanter en alsacien, et c'était la fête. Je le revois encore faire ses pitreries. Sans lui, je n'aurais jamais rencontré ma femme à un bal du 14 Juillet… Mais en quelle année était-ce ? Il faudra que je le demande à Anna.

Je sens une main qui tapote mon épaule avec insistance.

— Allez, monsieur Antoine, faut vous réveiller. C'est l'heure du goûter.

Pourquoi cette femme parle-t-elle aussi fort ? Je ne suis pas sourd !

— Je vous ai préparé un plateau avec des madeleines, une compote de pomme et un bon thé. Ça va vous redonner des forces.

Silence.

— Allez, faut ouvrir les yeux ! Vous m'entendez ?

Voilà qu'elle hausse le ton. Mais pourquoi les auxiliaires de vie – pas toutes, heureusement – parlent-elles si fort ? Qu'on me fiche la paix ! De toute façon, je n'ai pas faim et je n'ouvrirai pas les paupières.

Je repars dans les Vosges, au Markstein, sur la route des crêtes. L'air y est encore plus vif qu'à Kruth, c'est à plus de mille mètres d'altitude… si je me souviens bien. Nous sommes tous équipés de seaux et de peignes à myrtilles « vingt dents » pour la cueillette des *brimbelles*, les myrtilles sauvages des montagnes. Certains garçons en mangent plus qu'ils n'en ramassent, il n'y a qu'à voir la couleur de leurs lèvres. Anna et ses belles-sœurs remarquent qu'il en faut beaucoup plus si l'on veut cuire au moins cinq tartes… Et tout le monde repart de plus belle.

Mon fils aîné arrive. Dès qu'il passe la porte, il allume Radio Nostalgie.

— Faut faire entrer un peu de gaieté dans cette chambre, hein Papa ! Et puis ça va te rappeler de bons souvenirs…

Tiens, cet air, je le reconnais, c'est du Mouloudji…

Mouloudji, je l'ai découvert juste avant notre mariage, au cinéma, dans *Secrets d'alcôve*. J'ai tout de suite aimé sa façon d'être, je me suis reconnu dans son histoire familiale : un père qui fuit la Kabylie et un fils qui devient un vrai titi parisien. Et puis c'est dans ce film que je l'ai entendu chanter *Un jour tu verras* ; cela m'a fait penser à ma rencontre avec Anna. Alors, un an plus tard, quand Mouloudji s'est produit à l'Alhambra, rue de Malte, je l'y ai amenée. C'est là que j'ai commencé à lui dévoiler mon passé : l'hiver en Kabylie, les Pères Blancs, mon arrivée en France… Et dire qu'au bal de la Bastille, je m'étais fait passer pour un Rital !

La chanson se termine… Je ne sais même plus pleurer.

Deux ans plus tard, toujours
dans cette même chambre, juin 2019

On sonne à la porte. Un médecin, un de plus. Il m'ausculte, me prend la tension. Il trouve que j'ai le corps ferme et peu de rides sur le visage pour mes quatre-vingt-six ans. Intérieurement je m'en amuse, les yeux à moitié fermés. Il demande où je suis né, l'un de mes fils répond :

— En Grande Kabylie.

— Vous savez, dans ces pays, quand ils enregistraient les naissances, c'était souvent fantaisiste. Il y avait tellement de mort-nés que les familles ne venaient à l'état-civil que tous les deux ou trois ans. Si ça se trouve, votre père n'a pas quatre-vingt-six ans, il est peut-être plus jeune.

— Mais, docteur, la Kabylie était un département français en 1933.

— Sur le papier, oui… Vous savez, mon père était soldat pendant la guerre d'Algérie, et il a failli mourir pas loin de Tizi-Ouzou. Pour lui, cette terre n'a *jamais* fait partie de la France : trop sauvage, trop hostile…

Je ne ris plus. Je me sens si fatigué, tout à coup. Encore la guerre, encore la peur. Jusqu'à quand vont-elles me poursuivre ? Je ferme les yeux, complètement, cette fois.

J'entends alors des voix et des cris, j'aperçois un terrain de pétanque, des boules et, au loin, un cochonnet.

— Tonio, si tu réussis un carreau, on gagne la coupe, et moi, je paie la tournée de Ricard à tous les gars ! Allez, t'es le plus fort !

— Et si je pointais ?

— Non, tire ! On a trois boules placées.

J'hésite. J'ai toujours préféré jouer avec des boules assez lourdes, mais petites et bien striées pour accrocher au sol. Cigarette au bec, je saisis ma dernière boule, la roule entre les mains, enlève les grains de sable qui pourraient dévier sa trajectoire, et fixe celle qui est à dégommer. Genoux fléchis, pieds serrés, les talons légèrement décollés pour avoir un centre de gravité très bas, je balance mon bras vers l'arrière. Et je tire.

— Bravo Tonio ! Joli coup, on a gagné !

À force de remporter des tournois, j'ai fini par être élu président du club de pétanque. Anna et les enfants en étaient très fiers. Et je le suis resté de 1981 à 1995. Comme Mitterrand ! Être appelé « président » le week-end m'a toujours fait rigoler, moi qui étais en bleu de travail le reste de la semaine…

Le téléphone sonne, une voix répond. Il me semble reconnaître l'auxiliaire de vie, celle qui parle fort. Elle raconte qu'elle vient d'acheter un rosier en pot pour l'anniversaire de la vieille dame dont elle s'occupe l'après-midi. Si elle savait… Comme moi aussi j'ai aimé offrir des roses à Anna. Et pas seulement pour son anniversaire !

Tiens, voilà Père Antoine dans le jardin de l'orphelinat, il me fait signe de le rejoindre. C'était peu de temps avant qu'on se dise adieu.

— Tu vois, Mohand, cette rose orangée qui a fleuri alors que le rosier est presque mort ?

— Oui, père. Et alors ?

— Eh bien, elle a trouvé la force d'éclore, malgré l'absence de sève et de pluie. Dans la vie, retiens qu'il ne faut jamais abandonner. N'oublie pas que « désespérer, c'est mourir » !

Je n'ai jamais oublié. Et c'est aussi à l'orphelinat que j'ai appris à me consoler avec un oiseau que je nourrissais de miettes de pain, un papillon que je suivais dans la montagne ou un arbre qui m'offrait ses branches pleines de fruits mûrs… Depuis, j'ai toujours regardé la vie avec le sourire. Le ciel avait beau être noir, j'y voyais toujours un petit coin de bleu.

J'ai été comblé avec Anna, mes quatre enfants et mes sept petits-enfants, mais je ne souhaite à personne les souffrances que j'endure depuis tant d'années. Pourquoi cette déchéance ? Et pourquoi moi ? Il me semble que j'ai été un homme bon, honnête et droit, alors qu'ai-je fait pour subir un tel calvaire ? Il est bien tard pour avoir des réponses sur terre.

Au ciel, c'est sûr, j'en parlerai avec les étoiles.

13

Pauline

Oh ! l'automne a fait mourir l'été.

Guillaume Apollinaire, *Alcools*

Maison familiale du Raincy,
banlieue parisienne, samedi 12 octobre 2019,
deux heures de l'après-midi

C'est l'automne. Je retrouve Papa dans sa chambre, prisonnier d'une torpeur qui ne le quitte plus. Il est pâle dans ses draps bleus, le ciel est gris cendre.

Depuis ma dernière visite, il n'ouvre presque plus les yeux, s'alimente de moins en moins et a même du mal à tenir assis. Je dépose un baiser sur sa joue et murmure à son oreille :

— Papa, c'est moi, Pauline. Je vais rester avec toi.

Je m'assieds sur le bord du lit et le regarde. Il a les traits tirés. Je le sens si faible. Je prends sa main, pose ma paume contre la sienne et serre fort.

— Prends ma force, Papa. Je te la donne, tu en as tant besoin. Prends-la.

Nous restons soudés l'un à l'autre pendant de longues minutes.

Sans même m'en apercevoir, je lui raconte que, cette année, l'été est parti en courant, que dehors le vent fait danser les nuages, que les feuilles qui tombent des arbres aimeraient voler comme les oiseaux et qu'en Lorraine, les pommiers et les poiriers sont lourds de fruits.

— On est en retard pour la cueillette, Papa. Des fruits de notre verger, ça te ferait plaisir ?

Il ne répond pas. Mais depuis quand n'a-t-il plus vu le ciel, le soleil et les arbres ? Lui qui revenait toujours de ses balades avec des brassées de fleurs ou des poignées de mûres, et qui repérait les nids d'hirondelles, le voilà privé de tout ce qu'il aimait. C'est si injuste. J'ose espérer que, dans sa nuit intérieure, il rêve encore de la légèreté du printemps, de l'été généreux et des couleurs de l'automne.

Papa a enfin l'air de se réveiller. Il entrouvre les yeux, je lui souris, mais il les referme aussitôt. Comme je suis assise dans le fauteuil qui lui fait face, mes yeux ne quittent pas son visage. Je pense aux vers de Paul Éluard…

J'ai un visage pour être aimé,

J'ai un visage pour être heureux.

Je me demande si l'on a aussi un visage pour mourir.

La tristesse me submerge quand, tout à coup, une petite boule de poils grimpe sur mes genoux, escalade le lit et se blottit contre Papa. C'est l'un des chatons de Bagheera, recueillie par mon frère Vincent, et qui a donné naissance à quatre petits. Ils sont tous noirs, à l'exception de celui-ci, un vrai petit tigre aux yeux aigue-marine. À chacune de mes visites, il me suit comme si j'étais sa mère. Le voir si affectueux avec Papa m'émeut et me trouble. Il a beau être minuscule – à peine deux mois et demi –, il me donne l'impression d'avoir déjà tout appris de la vie. D'avoir aussi compris comment un homme peut se laisser glisser vers un autre monde.

Je vois les mains de Papa caresser le chaton et s'arrêter de trembler, comme si elles avaient trouvé la paix. Il a toujours les yeux clos, mais je suis sûre qu'il m'entend. Je nous imagine alors tous les trois en Lorraine par une belle après-midi d'août, quand Lou venait de fêter ses trois ans…

— Je te revois dans le pré en contrebas de la maison. Tu es vêtu d'un polo beige à manches courtes, le teint bruni par le soleil. Et lorsque tu m'aperçois avec Lou, tu viens à notre rencontre. Tu es à contrejour. Tu nous souris. Tu t'amuses de voir ta petite-fille dans sa robe rose dragée, ses sandalettes blanches et son chapeau de paille offerts par Maman. Tu cueilles deux marguerites blanches, offres la première à Lou et me tends la seconde. Tu la prends par la main et l'accompagnes goûter les mirabelles de notre verger. Moi, je reste seule à vous regarder partir. Lou a du mal à marcher dans les hautes herbes et tu l'emmènes voir les vaches dans le pré du voisin. Je t'entends leur inventer des noms – Lily, Lilou, Lila, Lulu, Lolo… – et Lou, les répéter comme si elle les connaissait depuis longtemps. Tu t'en souviens, Papa ?

Je crois apercevoir un sourire sur ses lèvres. Sur ma joue, les larmes des temps heureux.

Le chaton vient s'asseoir sur mes genoux et s'endort. Je sens une main sur mon épaule ; c'est Vincent qui vient d'entrer dans la chambre. Il se penche vers moi et chuchote en m'embrassant :

— Ce petit chat est vraiment connecté à toi depuis sa naissance…

— C'est ce que je me disais aussi. Et maintenant, il est connecté à Papa. Si tu l'avais vu se lover contre lui tout à l'heure ! Il ronronnait comme s'il cherchait à l'apaiser.

— On dit que les chats ont des pouvoirs. Qu'ils sont capables de détecter le stress, la souffrance et la maladie chez les humains. Tu y crois, toi ?

— Oui, j'y crois. Et tu me donnes une idée… Je vais l'appeler Mojo.

— Pourquoi ?

— Dans la tradition vaudoue et reggae, le *mojo*, c'est l'énergie vitale, l'esprit qui rayonne, les pouvoirs surnaturels qui libèrent la parole… Ce petit chat a le mojo ! Tu sais, je pense qu'il a pris aussi un peu de l'esprit de Papa. Vif, sociable, facétieux. Je pense que je vais adopter Mojo.

— Regarde, il ouvre les yeux. Il répond déjà à son nom !

La fin de journée approche et Papa n'aura quasiment pas ouvert les yeux. Je me demande où il se réfugie durant toutes ces heures. Dans un jardin de souvenirs ? Alors un grand jardin, sans mur ni clôture, ouvert à tous les vents. Je l'entends encore me dire – je devais avoir quinze ans : « Tu sais, Pauline, avec le vent d'automne, mon âme sera sûre de pouvoir s'envoler. » À quinze ans, l'âme est une idée vague. La mort aussi. Pour le dîner, nous essayons de réveiller notre père. Mais c'est presque impossible. Lui qui avait tant de plaisir à goûter les bons plats semble s'être détourné des nourritures terrestres. Le dégoût de vivre ?

C'est l'heure de rentrer à Paris. J'embrasse Papa une dernière fois. Non, je m'interdis de dire « une dernière fois »…

Une heure du matin. Impossible d'aller dormir, je suis bien trop inquiète. Dehors, le vent souffle par rafales dans un ciel menaçant. Entre deux nuages, une lune livide et effrayante. Dans le jardin que j'aperçois de mes fenêtres, je tremble pour le chêne qui a plus de cent ans. Il résiste comme il peut à la furie des éléments. Pour me changer les idées, je regarde *Sur les quais* d'Elia Kazan sur l'écran de ma tablette. Marlon Brando tient le rôle principal et j'ai toujours pensé qu'il y avait du Marlon en Papa : mêmes pommettes hautes, même regard de braise et même tempérament volcanique. Dans le film, Brando incarne un ancien boxeur, et les souvenirs joyeux reviennent… Car mon père a aussi pratiqué la boxe dans sa jeunesse ; il ne ratait aucun match à la télévision. Enfant, j'en ai regardé plus d'un à ses côtés et l'on s'amusait ensuite à combattre. Comme il était chatouilleux, je savais exactement où frapper avec mes petits poings ! Cela agaçait Maman qui trouvait que l'on faisait trop de tapage…

Deux heures et demie. Je vais me coucher sur la pointe des pieds, mais Hugo se réveille. Je lui murmure que j'ai retrouvé Papa en Marlon Brando, et que ça a chassé ma peine. Je m'endors contre mon mari en entendant la cheminée gémir. Le vent n'est décidément pas mon ami.

Trois heures et demie. J'ai à peine dormi quand quelque chose de sourd et de profond tambourine dans ma poitrine et me sort brutalement du sommeil. Cela ressemble à des palpitations. Couchée sur le côté, je tente de respirer calmement et fais défiler les images de *Sur les quais*, espérant qu'elles m'apaiseront. Rien n'y fait, les symptômes vont *crescendo* et ma respiration devient de plus en courte. J'étouffe. J'essaie de ne pas paniquer, mais la tête me tourne, je perds même le contrôle de l'espace qui m'entoure, pourtant si familier. J'ai l'impression que le vent qui fait rage dehors m'emporte dans son tourbillon et que la nuit a englouti la lune. Un voile noir recouvre mes yeux. Je sens que je vais m'évanouir…

Le vent a ralenti sa course. Je reprends peu à peu mes esprits et m'allonge sur le dos. Je pose mes deux mains sur mon sein gauche et essaie de comprendre le chaos qui prend possession de moi.

Je n'entends pas un cœur, mais deux.
L'un bat vite, l'autre, lentement ;
l'un cogne fort pour m'alerter,
l'autre, doucement pour me rassurer.
Ils m'entraînent au loin,
mais je ne sais pas où.

Peut-être que je délire. Comment pourrais-je avoir deux cœurs qui battent dans ma poitrine, et chacun à sa propre cadence ? Je place les deux mains de part et d'autre de mon sternum, l'impression d'avoir deux cœurs est encore plus nette. Les cognements se succèdent mais à chaque battement, j'éprouve comme un décrochage qui paraît une éternité. Au point de défaillir.

Quatre heures du matin. Je me sens de plus en plus faible. Et de nouveau le vent qui se déchaîne et fait entendre comme un râle dans la cheminée. J'éclate en sanglots. Hugo se réveille en sursaut et me prend dans ses bras.

— Tu as dû faire un cauchemar. Tout va bien maintenant, je suis là, rendors-toi.

— Je ne peux pas.

— Comment ça ?

— Je crois que je suis en train de faire un malaise.

— Tu as mal dans le bras gauche, tu te sens oppressée ?

— Non, c'est autre chose…

— Des palpitations, alors ?

— En fait, j'ai l'impression d'avoir deux cœurs.

— Comment ça, deux cœurs ?

— Ils battent dans ma poitrine, mais pas au même rythme. Je ne me suis jamais sentie aussi mal.

— Veux-tu que j'appelle SOS Médecins ?

— Attends encore un peu. Je vais essayer de me calmer, ça va bien finir par passer.

— Je ne me rendors pas, je veille sur toi.

Quatre heures et demie. Hugo s'est rendormi malgré lui. Je suis sur le point de le réveiller quand je vois Marlon Brando s'avancer dans la chambre. Il essaie de me parler, mais le vent siffle trop fort, je ne peux l'entendre. Je ne vois que ses lèvres qui bougent. Il me tend la main ; impossible de m'avancer et de la saisir. Il me regarde une dernière fois, l'air intrigué, avant d'être emporté par une bourrasque. Puis l'image devient floue, et c'est Papa qui entre dans la pièce. J'ouvre grand les yeux. Il se tient devant moi.

— Papa, c'est toi ?

Aucun son ne sort de sa bouche. Il a rajeuni. Il me sourit, je lui souris aussi. Il disparaît à son tour, happé par le souffle de la tempête. Je me réveille en sursaut. Le second cœur a cessé de battre.

Quatre heures quarante-cinq. Le téléphone sonne.

Le vent s'est tu.

L'automne a fait mourir Papa.

14

Mohand

Il n’y a pas la mort, il y a moi –
moi, qui vais mourir…

André Malraux, *La Voie royale*

Dimanche 13 octobre 2019,
quatre heures du matin

— Papa, c’est toi ? C’est bien toi ?

— Oui, Mohand. Je t’ai entendu m’appeler. Et je suis là.

— Je m’apprête à rejoindre Anna. Elle m’attend.

— Je le sais, mon fils.

— Papa, est-ce que tu m’as aimé ?

— Oui, je t’ai aimé.

— Alors pourquoi m'as-tu abandonné à ma naissance ?

— Je ne t'ai pas abandonné. Rester en Kabylie, c'était accepter la mort de Tassadit, ta mère, et c'était au-dessus de mes forces. J'ai fui pour oublier.

— Et aussi pour oublier mon existence, avoue-le !

— Non, tu te trompes, Mohand. Je t'ai confié à ta tante Dyhia jusqu'à tes sept ans. Ensuite, le malheur a voulu qu'elle tombe malade et elle s'est éteinte en quelques semaines. Elle a rejoint Tassadit.

— Quand tu m'as fait entrer à l'orphelinat des Pères Blancs, tu ne t'es plus soucié de moi. Pourquoi m'avoir laissé seul pendant dix ans ? J'ai été si malheureux, Papa.

— Tu te souviens, lorsque tu as frappé pour la première fois à la porte de ma chambre à l'hôtel ? Tu avais dix-sept ans quand je t'ai fait venir d'Alger.

— Crois-tu que j'aie oublié ?

— Lorsque j'ai ouvert cette porte, j'ai été pris de vertiges. J'ai cru retrouver Tassadit en toi.

— Tu veux dire… Maman ?

— Oui, ta maman. Tu avais ses yeux en amande, les mêmes pommettes hautes et son sourire. Je me suis retenu pour ne pas tomber à genoux et pleurer, comme au jour de sa mort… le lendemain de ta naissance.

— Continue, parle-moi de Maman. Cela me fait du bien. Elle m'a tant manqué !

— Elle était comme une fleur parmi les fleurs avec ses yeux de jais, ses cheveux longs, noirs, et sa taille fine, si fine. Ta mère, Mohand, était un soleil. C'était la joie de vivre. Tassadit, d'ailleurs, signifie « la bienheureuse », en kabyle.

— Et elle est morte…

— Au lever du soleil. Elle avait tout juste vingt ans et tu étais notre premier enfant.

— Pourquoi ne m'as-tu pas dit la vérité à Paris ?

— Pour te protéger, mon fils. Je ne voulais pas que tu portes dans ton cœur la mort de ta mère. J'avais peur que tu te sentes coupable toute ta vie. Je n'ai pas pensé à moi, mais à toi.

— Vraiment qu'à moi ? C'est vrai ?

— Oui, je ne te mens pas.

— Mais Papa, tu as fait entrer la douleur en moi et elle ne m'a plus quitté. Ton silence m'a fragilisé pour la vie.

— Ce n'était ni un silence ni un mensonge, mais un secret de famille. Ta tante Dyhia et moi, on ne voulait pas que tu grandisses avec ce chagrin. Il fallait te préserver. Si je t'ai fait souffrir, alors pardonne-moi.

— Il est bien tard pour demander pardon, Papa.

Aghdim s'en va. Mohand le rappelle.

— Papa, tu m'abandonnes encore ? Reviens, je n'ai pas fini…

— Je t'écoute, fils.

— Je n'ai appris la vérité sur la mort de Maman que le jour de ton enterrement. Et c'est le fils d'Azal qui a rompu le silence. Peux-tu imaginer le choc que j'ai subi ? J'avais plus de soixante ans ! Tu m'as caché la vérité, reconnais-le.

— Ne me juge pas, fils.

Nouveau silence. Mohand reprend la parole.

— Tu sais ce que je pensais, avec Anna ?

— Non.

— On se disait que tu avais plaqué ma mère pour refaire ta vie en France et que tu t'en fichais, de m'avoir laissé au pays.

— Je te jure que non ! Je n'ai aimé qu'une seule femme, ta mère. Et me séparer de toi a été un déchirement…

— Te rends-tu compte que Tassadit est restée une inconnue ? Pour moi, mais aussi pour ma femme et mes enfants. Nous aurions tant voulu que tu nous parles d'elle. On l'aurait aimée…

— C'est à moi que tu fais mal, maintenant. Si tu savais comme je m'en veux, je n'ai plus de mots.

— Tu sais, un soir où je pleurais à l'orphelinat, Père Antoine a voulu me raisonner et il a cité un proverbe kabyle que je n'ai jamais oublié : « La maison où manque la mère, même si la lampe l'éclaire, il y fait nuit. » Ce jour-là, je me suis dit qu'il y avait d'autres enfants prisonniers de leur souffrance et je me suis senti moins seul.

— Ne m'accable pas davantage.

— Tu vois, comme pour toi, une seule femme a compté dans ma vie. Et ce fut Anna. Elle m'a donné tant d'amour. Celui d'une épouse, mais aussi, je l'avoue, celui d'une mère, comme si l'amour filial m'avait été volé…

Mohand s'interrompt, l'émotion l'étreint.

— J'ai dit à Anna que c'étaient la terre et le ciel qui nous avaient réunis, reprend-il. Eh bien, l'heure est venue pour moi d'aller la rejoindre. Au ciel. Papa, je ne te vois plus… Il fait si sombre soudainement. Tu es parti ?

— Non, rassure-toi, je suis toujours là.

— Papa…

— Oui, mon fils.

— Une dernière chose avant de nous quitter…

— Parle, mon fils, parle.

— Maintenant je suis en paix, tu m'as délivré de mes tourments.

— Alors tu me pardonnes, mon fils ?

— J'ai trop souffert, Papa.

Il est quatre heures et demie du matin. Mohand ouvre grand les yeux et voit la lumière entrer dans sa chambre. Anna lui prend la main.

15

Pauline

Quand les mystères sont très malins,
ils se cachent dans la lumière.

Jean Giono,
Ennemonde et autres caractères

Le Raincy, dernier jour
dans la maison familiale, mardi 17 mai 2022

Plus aucune trace de vie, juste des pièces vides, les marques des cadres sur les murs et celles des tapis sur les parquets. J'ai du mal à me souvenir que j'ai vécu vingt ans ici, maintenant que Papa et Maman ont fait leurs valises pour l'au-delà.

Mes frères et moi avons décidé de vendre la maison ainsi que le jardin potager attenant. Nous quittons l'agent immobilier, quand j'aperçois les derniers meubles entreposés dans l'appentis. Dans un coin, le buffet de la salle à manger de mes parents. Beaucoup de vieilles factures et de papiers administratifs dans les tiroirs, mais aussi une boîte en fer-blanc que je reconnais. Papa l'avait retrouvée dans la chambre du Beau Paris à la mort de Grand-Père et avait eu les larmes aux yeux en découvrant ce qu'elle renfermait. Aujourd'hui, c'est moi qui pleure en l'ouvrant. Dedans, une pierre noire qui vient de Kabylie et sur laquelle deux ailes de libellule sont comme gravées. Papa y tenait, mais ne m'a jamais expliqué pourquoi. Je devine qu'il y a un peu de son histoire dans ce galet plat et lisse. « Le destin d'un homme est écrit sur une pierre », m'a souvent répété mon grand-père, un brin mystérieux. Parlait-il pour lui ou pour son fils ? Mes frères semblent surpris que je veuille garder la pierre. « Mais ce n'est qu'un caillou ! » me taquine l'un d'eux. Pas pour moi.

Paris, un mois plus tard, mercredi 22 juin 2022
dans l'après-midi, 32 °C à l'ombre

Dieu que j'aime l'été à Paris avec mon ami le soleil ! Exposé à l'ouest, le salon de notre appartement est baigné de lumière. Je suis assise face au balcon et à la porte-fenêtre ouverte sur un petit square. Tiens, j'aperçois les mouettes du bassin du Luxembourg ! Elles volent et crient dans un ciel bleu azur. Pour moi, ces ciels sont porteurs d'espoir...

Je pense à notre maison du Raincy, qui sera bientôt vendue. Avons-nous raison de nous en séparer ? Et pourquoi y penser maintenant ? Je me lève, prends la pierre noire, la serre contre moi et la porte à mes lèvres. « Un baiser pour toi, mon papa. » Puis je me rassieds et dessine du bout du doigt le contour de ces deux ailes qui semblent vouloir s'élancer. Tout à coup, un insecte fait irruption dans le salon et vient tourbillonner au-dessus du bureau. Je le suis des yeux ; je ne suis pas la seule, Duchesse et Mojo, nos aristochattes, l'ont repéré. Voilà qu'elles bondissent et tentent de l'attraper. Au même moment, Hugo arrive.

— Oh, mais c'est une libellule !

— Tu en es sûr ?

— Oui. Et sache que c'est une demoiselle, car elle est de petite taille.

— C'est bien la première fois qu'on en voit une dans l'appartement !

— Non, même à Paris, ça n'a rien d'extraordinaire. Sur ce, je m'en vais, j'étais juste venu prendre un dossier. À ce soir !

Je perds la libellule de vue, mais quelques secondes plus tard, j'entends un petit bruit, comme un grésillement du côté extérieur de la fenêtre que je viens de fermer. Je me lève et aperçois de nouveau l'insecte qui fait du surplace et cogne contre la vitre avec insistance. Duchesse, toujours à l'affût d'une proie, remonte sur le bureau. Nous restons toutes les deux figées, elle, fascinée, moi, sidérée. Puis la libellule agite ses ailes et vole lentement à reculons, comme si elle voulait transmettre un message. Je sors sur le balcon dans l'espoir de la revoir, mais déjà elle n'est plus qu'un petit point dans le ciel lumineux. Je me tourne vers mon chat.

— Duchesse, tu sais, cette petite bête qui a volé dans le salon, eh bien, c'est une libellule…

J'imite le vrombissement. Elle dresse les oreilles et agite la queue de gauche à droite.

— Dis, la libellule, tu l'as bien vue revenir de l'autre côté de la fenêtre ?

Elle cligne des yeux.

— Et tu l'as bien entendue faire toc-toc au carreau, hein, Duchesse ?

Elle ouvre grand les yeux et les cligne de nouveau.

— Donc, tu expliquerais à Hugo ce qui vient de se passer ? Si tu pouvais parler, bien sûr…

— Miaou ! Miaou !

— Toi, au moins, on peut compter sur toi !

Je prends sa tête entre mes mains et l'embrasse. Puis, je vais m'asseoir sur la banquette et m'interroge : pourquoi cette libellule est-elle apparue ? Parce que je tenais la pierre de Papa dans ma paume ?

Les histoires de synchronicité m'ont toujours intriguée, mais cette fois, c'est moi qui en suis le témoin – ou bien l'heureuse élue. Dire qu'il m'a suffi de penser « libellule » pour que j'en voie une à l'instant où j'ai touché cette pierre !

Ce qui me surprend aussi, c'est l'énergie qu'elle a déployée pour se faire entendre. Comme si elle voulait que je la remarque. Je me souviens que les défunts ont recours à tout ce qui vole – plumes, coccinelles, papillons, oiseaux… – pour signifier leur présence. Alors, cette libellule serait-elle un signe de Papa ?

De toute façon, personne ne me croira, et surtout pas Hugo ! Si je lui raconte que la libellule est revenue, il m'enverra balader d'un très sec « Arrête de te faire un film ! ». Je préfère garder le secret avec Duchesse.

Dans la chambre, nuit du samedi 9 juillet 2022

J'ai si bien gardé le secret que je n'y ai plus pensé. Jusqu'à ce nouveau rêve…

Grand-Père m'apparaît mais, cette fois, ce n'est pas sous les traits d'un vieil homme. J'ai même du mal à le reconnaître tant il est jeune – une trentaine d'années – et il porte un burnous écru. Le plus étrange, c'est qu'il est dans le bus 22, assis à côté de la femme bizarre de l'an dernier. Ils ont l'air de se connaître car elle l'appelle Aghdim, mais il ne lui adresse pas la parole.

Moi, je suis en face d'eux, et à chaque fois qu'elle répète : « Vous verrez, la lettre T qui est apparue sur votre front vous mènera sur un chemin », il me sourit. Comme s'il approuvait.

Puis me voici seule au musée du Louvre. Je cours de salle en salle, cherche une issue, reviens sur mes pas. Je me perds. C'est alors qu'au détour d'un couloir, je suis attirée par un tableau que je connais, *Femmes d'Alger dans leur appartement*. C'est un Delacroix. La salle est vide, à peine éclairée.

— Elle est jolie, cette libellule bleue avec ses ailes de dentelle, tu ne trouves pas, Tamila ?

Je me retourne et entends la voix de mon grand-père qui m'appelle par mon deuxième prénom kabyle. Je ne m'en rends pas compte sur le moment…

— Non, Grand-Père, il n'y a pas de libellule dans le tableau, je te promets.

Il insiste.

— Mais si, Tamila, regarde bien, la libellule va s'envoler…

Et c'est lui qui disparaît avant même que je ne lui réponde.

J'ouvre les yeux, le jour n'est pas encore levé.

— Dis donc, t'en fais une tête, ce matin ! Viens, le petit déjeuner est prêt.

— Hugo, je ne comprends pas ce qui m'arrive.

— Mais de quoi parles-tu ?

— Tu te souviens, l'été dernier, quand j'attendais le bus 22 et qu'une femme m'a dit qu'elle voyait la lettre T sur mon front ?

— Pas vraiment. Mais quelle importance ?

Il sourit.

— Eh bien, figure-toi que, cette nuit, elle est revenue avec mon grand-père dans un rêve. Je te le raconterai plus tard, mais il m'a appelée Tamila, et non Pauline.

— Ah oui, ton deuxième prénom. Au fait, qu'est-ce que ça veut dire en français ?

— Tourterelle.

— Ça te va bien !

Hugo me donne un baiser sur le front et s'en va comme si de rien n'était. Moi, je suis perplexe. Ou plutôt troublée. Deux rêves où j'entends mon grand-père me parler – alors qu'il est mort il y a plus de vingt ans –, ce ne peut plus être un hasard. Il veut me faire comprendre quelque chose. Mais quoi, et pourquoi maintenant ?

Tout d'abord, Grand-Père se manifeste une première fois en juillet dernier, alors que je n'ai jamais rêvé de lui, et il déclare : « Oui, je reviens et je crois bien que je vais rentrer chez moi dans cinq ou six jours. » Voilà qu'il réapparaît et m'entraîne dans un puzzle presque impossible à reconstituer : le bus 22, la lettre T, le tableau de Delacroix et une libellule qu'il est le seul à voir… Une libellule de plus, devrais-je dire. Je me souviens de celle qui m'a rendu visite au mois de juin, mais j'ai alors imaginé que c'était un signe de Papa puisque je tenais sa pierre dans la main. Et si je me trompais ? Et si les libellules étaient plutôt envoyées par mon grand-père ? Je pressens que je dois me tourner vers la Kabylie pour compléter le puzzle. Vivement un troisième rêve ! Ou un signe qui m'éclairerait…

Dans le bureau,
après-midi du mardi 19 juillet 2022,
dix jours après le rêve

J'ai encore égaré mon passeport. Il ne doit pas être loin, mais à chaque voyage, je passe un temps fou à le chercher. Nous partons à Chypre. Hugo est passionné par les fresques et les icônes byzantines – néobyzantines, tient-il à préciser.

Alors que je fouille une énième fois le tiroir de mon secrétaire, je tombe sur une chemise en carton sur laquelle figure le mot « Papa ». Je reconnais l'écriture appliquée de mon frère Vincent et l'ouvre. J'aperçois en premier l'acte de décès. Pas gai. Dessous, la photocopie de l'acte de mariage de mes parents en 1956. Plus gai. Je m'amuse à déchiffrer la litanie des noms de la famille quand un prénom me saute aux yeux, TASSADIT, écrit en majuscules. C'est celui de la mère de Papa. Le mystère de la lettre T sur mon front s'éclaircit soudain : T signifierait Tassadit ? Je n'ai pas connu ma grand-mère, c'était même tabou à la maison de l'évoquer, alors pourquoi mon grand-père voudrait-il que je la rencontre ? Et pourquoi si tard, alors qu'elle est décédée à la naissance de Papa en 1933 ? Sans compter toutes ces libellules qui me poursuivent… Il y a de quoi être perdue.

Tant pis pour le passeport ; je passe le reste de l'après-midi sur les moteurs de recherche, surfant de Google à Bing et de Yahoo à Qwant. Ce que j'essaie de trouver ? Un lien ou une résonance entre Aghdim, Tassadit, les Pères Blancs, l'hôtel Beau Paris et les libellules. Tout est si confus dans ma tête ! Je me remémore l'insistance du petit insecte à taper contre la fenêtre de notre salon, et je fais le rapprochement avec Tassadit. Et si la libellule, c'était elle ? J'aimerais le croire, mais j'ai peur de m'emballer et continue mes recherches. Après trois heures infructueuses, je suis sur le point d'abandonner quand, en tapant « Libellule Kabylie », je tombe sur un dictionnaire français-kabyle. J'y découvre que libellule se dit *timni*, et parfois *tattluleyt* ou *tabcirt n'lxir*, selon les tribus, les vallées et les influences. Dans tous les cas, le mot commence par un T. La boucle est bouclée : tout me ramène à Tassadit et à l'apparence qu'elle a choisie pour se manifester.

Je comprends maintenant pourquoi la libellule est revenue, il me fallait admettre que c'était Tassadit – et non mon grand-père – qui l'envoyait ! Une grand-mère qui revient parmi les vivants et cherche à communiquer avec sa petite-fille, c'est complètement *ouf*, comme dirait ma fille Lou. D'autant que nous ne nous sommes jamais vues ni parlé. Une joie immense m'envahit. Je me sens si légère que je pourrais voler. Sentiment de plénitude qui dure… Pas longtemps, les pas d'Hugo se rapprochent.

— Alors, tu as retrouvé ton passeport ?

— Non, mais ne t'inquiète pas !

— Et vérifie qu'il n'est pas périmé. On décolle dans trois jours.

— À propos d'envol, justement…

— Eh bien quoi ?

— Tu te souviens de cette libellule qui a fait irruption dans le salon le mois dernier ?

— Je ne vois pas le rapport.

— Tu ne vas pas me croire, mais cette libellule était la messagère de ma grand-mère !

— Ben voyons ! Et moi, mon oncle est un lézard.

— Je t'assure, tout concorde : les rêves de mon grand-père, la lettre T comme Tassadit et comme *timni*, qui veut dire « libellule » en kabyle…

— Tu as toujours eu une imagination débordante, Pauline, mais là, tu te surpasses. Cette libellule, c'est juste le hasard qui s'est invité dans le salon, pas le fantôme de ta grand-mère.

— Je n'ai jamais parlé de fantôme ! Et puis cette libellule est revenue après ton départ, et elle a même toqué au carreau. Duchesse l'a vue aussi.

— Et tu veux qu'un chat confirme ta version des faits ?

Il éclate de rire.

— De mieux en mieux…

— Hugo, ne sois pas rigide, fais un effort !

— Quand tu auras retrouvé ton passeport. Pas avant !

À Paris et dans les Cévennes, septembre 2022

Je crois que Tassadit n'a pas apprécié d'être traitée de fantôme par Hugo, et elle essaie de le lui faire comprendre. Il lui arrive des choses si surprenantes qu'il finit par en être troublé, aussi cartésien soit-il. Il m'a demandé de ne pas raconter ce qui va suivre, mais je ne l'écouterai pas, quitte à le contrarier. Une chose est sûre, il se souviendra longtemps des événements de ce mois de septembre…

Tout a commencé dans une librairie du Quartier latin. Il cherchait un livre de comptines pour l'anniversaire d'un petit neveu ; on lui en présente un, il l'ouvre et tombe sur l'histoire d'une libellule géante des temps préhistoriques. Il demande un second ouvrage, on lui apporte *Ursule la libellule* ! Le dimanche suivant, il va chercher des pizzas et, pour le faire patienter, le patron lui fait goûter un Valpolicella. Quand Hugo demande à voir la bouteille, il n'en revient pas : sur l'étiquette, une libellule verte aux yeux globuleux qui, m'a-t-il dit en revenant, semblait le narguer. Là, je commence à rire sous cape – tout en jouant l'étonnée, mais l'histoire n'est pas finie… Le dernier week-end de septembre, nous partons chez des amis dans les Cévennes ; malheureusement il pleut et le brouillard s'épaissit d'heure en heure. Hugo se croit malin de commenter : « Avec ce temps, pas de risques de voir une libellule ! »… Sauf qu'en ouvrant une revue, le lendemain, il tombe sur un article intitulé : « Sauvegarde des libellules dans le parc des Cévennes : les trente-deux espèces à protéger ». Il me place le magazine sous le nez et s'énerve.

— Faut lui dire d'arrêter, à ta grand-mère ! Je commence à en avoir marre, d'être poursuivi par des libellules !

Le ton est badin, mais Hugo semble décontenancé et son regard le trahit, comme si l'irrationnel ébranlait ses certitudes. Moi, je savoure. En silence, bien sûr.

Avec moi, Grand-Mère Tassadit s'y prend de façon plus subtile. Elle me dévoile que, sans pourtant les repérer, j'ai toujours été entourée de libellules. Il y a d'abord eu l'affaire du collier, un cadeau d'Hugo pour la fête des mères. Je le ressors d'un tiroir pour la soirée d'anniversaire de Gonzague, un ami écrivain de science-fiction.

— Quel chic, ce collier cuivré sur un chemisier noir ! Et les ailes de libellule en sautoir, c'est charmant…

— Merci, Gonzague. C'est très gentil.

Je baisse les yeux vers le collier.

— Tu as l'air troublée. Quelque chose ne va pas ?

— Euh, c'est-à-dire que… Tu es certain ? Des ailes de libellule ?

— Aucun doute, regarde les nervures sur les ailes. On vient de te l'offrir ?

— Non, je l'ai depuis dix ans, mais c'est bizarre…

Je lui raconte ce qui m'arrive avec toutes ces libellules qui font irruption dans ma vie. Curieusement, il n'a pas l'air surpris.

— Tu sais, Pauline, au fil de mes romans, je me suis souvent rendu compte que l'histoire était écrite d'avance. L'auteur n'est que son porte-plume, quoi qu'il pense et quoi qu'il fasse.

— Et dans la vie, tu crois que c'est pareil ?

— Oui, des signes nous parviennent, mais on ne les comprend que bien plus tard. Ce sont eux qui révèlent notre destin, pas nous.

— Alors, tu me conseilles d'apprivoiser les signes que je reçois ?

— Non, ce sont les signes envoyés par ta grand-mère qui vont t'apprivoiser !

Gonzague a toujours été le maître des syllogismes, et il le démontre encore. Je ne suis pas plus avancée, mais à compter d'aujourd'hui, je décide d'ouvrir les yeux sur des signes que je ne percevrais pas, ou qu'inconsciemment, je me refuserais à voir.

Je n'ai d'ailleurs pas eu à attendre longtemps ni à chercher bien loin. Le lendemain, j'entends Lou qui m'appelle dans la salle de bains. Elle a dessiné des taches de rousseur sur son nez et ses pommettes, ce qui présage qu'elle est invitée à une soirée. Mon regard se pose alors sur deux porte-serviettes rétro installés par Hugo quand nous avons emménagé. Pour la première fois, je remarque qu'ils ont la forme d'une libellule et que les serviettes s'accrochent aux ailes en fer forgé. Une semaine plus tard, en rangeant des affaires scolaires de Lou, j'exhume son premier cahier d'arts plastiques : il est couvert de dessins de libellules. Toutes bleues, comme dans mon dernier rêve.

Le collier, les porte-serviettes, le carnet de dessin… Juste le hasard qui me joue des tours ou bien Tassadit qui entre dans ma vie ?

16

Pauline

Les morts veulent vivre ;
ils veulent vivre en vous…
J'ai regardé hier une tige de lilas
dont les feuilles allaient tomber,
et j'y ai vu des bourgeons.

Alain, *Propos sur le bonheur*

Paris, dans mon appartement,
lundi 12 décembre 2022

Je suis déstabilisée. J'ai l'impression d'être le jouet de forces qui me dépassent et il m'est impossible de me confier à Hugo, encore moins à Lou, elle finirait par prendre sa mère pour une illuminée ! C'est comme si le puzzle que j'avais à reconstituer s'était complexifié et que de nouvelles pièces apparaissaient chaque semaine. Mon intuition me dit que c'est du côté de mon grand-père et de ses premières années en Kabylie que je dois me tourner. En fait, nous ne connaissons rien de lui car jamais personne dans la famille ne s'est risqué à l'interroger sur sa vie « d'avant », c'est-à-dire avant 1933.

À force de fouiller dans ma mémoire, me revient cette conversation avec l'infirmière le jour de sa mort, en 1996 :

— Votre grand-père a exigé qu'on vous prévienne, *vous*. Et il m'a aussi fait promettre de bien vous répéter ses derniers mots : « À trois heures, je ne serai plus là car je vais retrouver Tassadit, ma femme. Celle que je n'ai jamais cessé d'aimer. »

L'infirmière s'était même excusée quand je lui avais avoué que je ne connaissais pas de Tassadit. Je pressens que ce souvenir fait partie du puzzle, même si cela remonte à plus de vingt-cinq ans. Je commence alors à entrevoir qu'Aghdim ne se contentait pas de me transmettre un message ; en fait, il m'investissait aussi d'une mission. Cela change tout…

Bon, voyons et réfléchissons calmement. Si mon grand-père associe Tassadit à ses dernières volontés, c'est certainement pour deux raisons : que j'efface l'oubli dont elle a été victime et que je rétablisse avec force la vérité sur leur relation : non, il ne l'a pas abandonnée puisqu'elle est morte à la naissance de papa. Et non, il n'a pas laissé tomber son fils car il a toujours veillé et pourvu à son éducation. Voilà pour les faits. Néanmoins je ne peux m'empêcher de penser : tout ça pour ça ? Pour un secret de famille finalement assez banal ? Je ne suis pas convaincue, il me semble que l'essentiel m'échappe et que ma mission n'est pas près de finir.

Il est tard, je dois m'occuper de Lou, appeler Hugo qui est à l'étranger et relire le texte d'une conférence à venir…

La nuit n'a pas porté conseil, les suivantes non plus d'ailleurs. Je me demande toujours ce que Grand-Père attend de moi. En même temps, je me sens si proche de lui que j'ai l'impression qu'il est entré dans mes pensées. Pour la énième fois, j'essaie de relier le dernier message d'Aghdim à ce secret de famille de la mort de Tassadit. Je prends alors conscience que, d'année en année, père et fils se sont murés dans le silence ; pire, ils se sont enfermés dans une relation qui les a consumés l'un et l'autre. Je ne prétends pas qu'ils ont éprouvé de la haine l'un pour l'autre, mais du ressentiment, c'est sûr. L'ombre de Tassadit et le souvenir de l'orphelinat les ont poursuivis toute leur vie… comme une malédiction. *Malédiction*, le mot effraie et pourtant il résonne en moi.

Et si ma mission était de rompre cette malédiction entre les deux êtres que j'ai le plus aimés dans mon enfance avec Maman ? Ce ne fut pas immédiat, mais l'évidence s'est imposée : je devais *réparer l'irréparable.*

Réparer les liens brisés
Réparer les dégâts de toute une vie
Réparer les souffrances sans nom
Réparer les années de silence
Réparer et réunir par-delà la mort.

Par une douce matinée de décembre, je leur ai envoyé tout mon amour. J'ai d'abord parlé à Aghdim et lui ai déclaré que Tassadit aurait souhaité qu'il aime son fils autant qu'elle. Puis je me suis adressée à Mohand, et l'ai assuré que son père ne l'avait jamais rejeté. Ce furent des mots simples que ni l'un ni l'autre – j'en suis convaincue – n'avaient jamais été capables de prononcer de leur vivant. J'ai espéré les unir comme au premier jour, dans ce petit village perché dans la montagne Djurdjura dont j'ignore le nom et que je ne connaîtrai peut-être jamais.

Réparer l'irréparable entre un père et son fils était un premier accomplissement, mais je découvre au plus profond de moi que Papa et Grand-Père me demandent de réhabiliter celle dont on a trop longtemps tu le nom, Tassadit. Elle est vouée maintenant à quitter l'ombre pour la lumière et à retrouver sa place dans la famille. Quant aux libellules, elles signifient que ma grand-mère est enfin revenue parmi nous. Papa, *l'homme à la pierre aux ailes de libellule*, doit être heureux là-haut !

Peut-être Tassadit s'est-elle aussi sentie appelée ? Je le sais d'expérience, on ne reçoit des signes que lorsqu'on pense fortement à nos disparus, ils ne viennent pas d'eux-mêmes. À présent, elle est entrée dans ma tête, mon cœur et ma maison. Entre elle et moi, c'est une histoire qui commence et elle a beau être partie dans l'autre monde, je m'adresse à elle comme à une vivante :

Grand-mère,

Une éternité qui s'interrompt, ce n'est pas si courant...

Enfin je t'ai retrouvée. Et comme je t'aime déjà !

Je n'ai pas de photo de toi, mais si je ferme les yeux, j'imagine une jeune femme avec des cheveux longs qui ondulent – comme Grand-Père les aimait – et je devine que Papa avait tes yeux et ton sourire. Moi, je crois avoir hérité de tes jambes ! Je te vois bondissante, courant pieds nus de pierre en pierre pour franchir les torrents. Tu es une fille de la montagne. Et du soleil, car tu es lumineuse.

Plus que ta beauté, Aghdim a dû adorer ta gaieté et ton regard espiègle. Je te soupçonne même d'aimer jouer des tours. Si tu savais comme tu m'as fait rire quand tu t'en es prise à mon mari avec toutes ces libellules ! Quel tempérament tu as, quelle bonne mère tu aurais été pour Mohand... Sois rassurée, mon papa avait ta joie de vivre. Ton fils savait donner du bonheur, et il nous a toujours encouragés, nous, ses enfants.

Tassadit, je te dis à bientôt. Et surtout, continue à m'envoyer des libellules ! Bleues, de préférence. Et si tu préfères, tu peux m'appeler Tamila.

Pauline,
ta petite-fille

P.-S. : Une de mes amies, Alice, m'a offert un bracelet gravé à ton nom. Comme ça, tu seras toujours avec moi !

17

Tassadit et Pauline

Il est grand temps de rallumer les étoiles.

Guillaume Apollinaire,
Les Mamelles de Tiresias

Paris, café Beaubourg, 2 février 2023

Le directeur d'une revue littéraire me demande d'écrire un article sur Léopoldine Hugo. Il souhaite célébrer le deux centième anniversaire de sa naissance en 1824 et bien sûr évoquer son décès dramatique en 1843, quand elle meurt noyée dans la Seine avec son mari. La figure de Léopoldine m'a toujours intriguée, car la vie de Victor Hugo et son œuvre ont basculé cette année-là. Mais je m'intéresse aussi au « double » de Léopoldine, son frère Léopold, né en 1823 et mort à un an ; les parents ont voulu honorer sa mémoire en nommant leur deuxième enfant Léopoldine. Deux prénoms liés et deux destins tragiques, je considère que la redécouverte du couple Léopold-Léopoldine mérite un article. J'accepte.

Cela tombe bien. En septembre dernier, alors que je me rendais à un mariage à Aurigny, la plus petite des îles anglo-normandes avec Sercq, j'avais fait escale à Guernesey. Hauteville House, la demeure de Victor Hugo de 1855 à 1870, m'avait alors ouvert les bras. Perplexe devant un guéridon noir, j'avais interrogé la guide : était-ce la *table parlante* qu'Hugo et ses enfants utilisaient pour pratiquer le spiritisme ?

— Pas du tout ! avait-elle rétorqué. C'est à Jersey, entre 1852 et 1855, qu'il passait des journées entières à vouloir communiquer avec Jésus-Christ, Shakespeare, Lord Byron, Racine, Molière, Galilée…

Néanmoins Victor Hugo s'est beaucoup inspiré de ces expériences et il a fait graver sur les boiseries et les portes d'Hauteville House les phrases des défunts qui l'avaient le plus impressionné. J'imaginais l'écrivain parsemer sa demeure de formules transmises par l'au-delà, et se souvenir de Léopoldine à qui il avait consacré tant de poèmes.

« Vois-tu, je sais que tu m'attends », écrivait-il dans *Les Contemplations*… Plus je me consacre à l'article, plus je me retrouve dans la quête inlassable de sa fille au détour d'un chemin ou d'un parfum de fleur. Car je guette aussi le moindre signe de cette grand-mère « inconnue et que j'aime et qui m'aime », comme dirait Verlaine. Tassadit, c'est un peu ma Léopoldine à moi – sauf que je ne suis pas tentée par le spiritisme. Ce qui m'émeut dans le Hugo d'après 1843, c'est sa volonté d'entretenir un lien indestructible avec ses *chers morts*. « Ils m'entendent. Je les entends », affirme-t-il avec force et personne n'ose le contredire. Il croit à l'immortalité des âmes, même s'il refuse le baptême et la messe des morts pour ses enfants qu'il enterre les uns après les autres. Sauf Adèle, qui lui survit, dans sa folie et son hospice.

Pas de spiritisme, donc. Mais j'ai tellement envie de rencontrer Tassadit qui avait le même âge que Léopoldine… Et si j'osais une séance de médiumnité ?

Près d'Uzès, dans le cabinet de Claire M.,
médium, mardi 7 février 2023

Quelques jours avant la séance, une angoisse inconnue me saisit. Je suis moins sûre de vouloir provoquer cette rencontre et je crains qu'un esprit malintentionné ne prenne la place de Tassadit. Cette idée me fait peur, voire horreur ; je redoute aussi que ma grand-mère ne se présente pas et que mon espérance soit brisée. Pourtant, mon *intuition divine* – encore une formule hugolienne – me laisse à penser qu'elle m'attend.

Claire, une médium que je connais bien et dont j'apprécie le sérieux, me prévient d'emblée que Tassadit pourrait ne pas venir. Elle m'invite à ne rien dire pendant toute la séance et tient à préciser :

— Je ne fais que répéter *stricto sensu* les mots du défunt. Il n'y a aucune interprétation de ma part. Sachez aussi qu'il n'existe pas de barrière de temps, de langue et de religion dans l'au-delà.

Et moi de lui demander comment être sûre que ce sera bien ma grand-mère. Réponse :

— Je suis certaine que vous la reconnaîtrez.

J'ai apporté une photo de Grand-Père Aghdim et de Papa. Les paupières closes, elle se concentre, puis pose ses yeux vert noisette sur les clichés. Un rayon de soleil traverse la pièce, j'aperçois un mimosa bientôt en fleurs.

— On va commencer la séance.

Le silence se fait. Une petite chouette se tient devant elle et symbolise le don de voir dans les ténèbres – la *clairvoyance*. J'imagine à cet instant les millions de personnes qui, au fil des siècles, ont fait confiance aux pouvoirs des médiums, des devins ou des chamans. Aujourd'hui, c'est mon tour… Mon cahier est ouvert pour retranscrire le moindre mot prononcé. Intérieurement, j'appelle Tassadit. Tout à coup, Claire relève la tête.

— C'est elle, la voilà. Elle est très jeune. Peut-être vingt ans.

Je sursaute, mon cœur s'emballe.

— Elle a des cheveux presque noirs, longs et épais.

Le regard de la médium se voile, elle semble avoir quitté le monde réel. Les paroles de ma grand-mère me parviennent :

— Je me suis sentie appelée, je savais que tu viendrais vers moi. Je t'ai vue écrire et tu étais pleine de joie, entourée d'êtres de lumière. J'étais là aussi, je t'ai même aidée. Tu m'as fait revivre par-delà les mots.

Il est vrai que j'ai eu l'étrange sentiment d'être accompagnée dans l'écriture à plusieurs moments.

Tassadit montre alors ses mains à Claire, elles sont ouvertes, paumes vers le ciel.

— Le jour de la naissance de ton père, j'étais entourée de femmes. Il y avait ma mère, ma sœur, et une tante. Quand je me suis sentie partir, elles étaient encore auprès de moi. Dans les derniers instants, c'est la main de ma sœur qui était dans la mienne ; quand je l'ai lâchée, j'ai su que Mohand serait protégé… C'est par le pouvoir des mains que j'ai transmis mon enfant. J'ai reçu la vie pour la donner, mais Dieu me l'a reprise. Alors j'ai accepté ma mort.

Les larmes ne sont pas loin. Ma grand-mère poursuit :

— Porter mon fils dans mon ventre a été source d'un grand bonheur. Je lui ai donné de l'amour, et mes prières l'ont accompagné jusqu'à sa venue au monde. Quand je suis partie, j'ai continué à veiller sur lui. Anna, ta maman, c'est moi qui l'ai mise sur son chemin, pas le hasard. Je savais qu'il lui faudrait une femme pleine de douceur. Puis, il y a eu les dernières années de la vie de Mohand… Je l'ai vu souffrir, mais je n'ai rien pu faire. Maintenant il est réparé.

Ces paroles me consolent, car l'image de Papa, né dans la douleur et qui finit sa vie dans la souffrance, m'a longtemps été insupportable.

Claire m'entraîne ensuite dans un village. Elle entend des youyous, de la musique, des chants, aperçoit des hommes qui tapent sur des tambourins et des femmes aux habits de fête, de couleur safran, fuchsia, indigo. Il y a partout de la gaieté, c'est le jour du mariage de Tassadit. Elle est très fière de montrer un lourd collier constitué de plusieurs rangs de médailles dorées et de vieilles pièces de monnaie. Elle se sent si belle. Claire me dit qu'elle se trouve à présent dans sa maison ; celle-ci est sombre et contraste avec le soleil dehors. Il n'y a qu'une pièce et, au milieu, un foyer en pierres creusé dans le sol.

— Votre grand-mère me fait voir des écheveaux de laine et un métier à tisser face à la porte. Elle raconte qu'elle passait des heures à tisser. À faire de la poterie, aussi.

Claire sent des odeurs animales, de chèvre et de mouton. Tassadit se confie…

— J'ai tellement aimé Aghdim ! Pourtant, c'est moi qui ai causé son malheur, il n'a pas su se relever de ma disparition. Il n'a pas vécu, il a survécu. Et le courage lui a manqué pour révéler la vérité à ton père sur ma mort. Alors c'est toi qui as été choisie, toi qui vas raconter notre histoire. Et comme tu es proche de la nature, tes yeux ont tout de suite remarqué la libellule que je t'ai envoyée…

En entendant le mot « libellule », je ne peux m'empêcher de réagir :

— Pardon, Claire, mais Tassadit a parlé d'une libellule ou ai-je mal entendu ?

Claire me prie de ne plus l'interrompre. Tassadit reprend.

— La libellule est belle, et ton cœur est beau et pur. Ses ailes sont transparentes, le soleil passe au travers, et c'est la lumière qui fait jaillir la vérité. Grâce à toi, elle a surgi. Tu fais du bien à notre famille et pour cela mon amour est éternel.

— Elle vous prend dans ses bras et vous embrasse. J'ai l'impression qu'elle est sur le point de partir, dit Claire.

Mon cœur se serre. Elle voit Tassadit qui me pose une cape sur les épaules et noue autour de mon cou les deux cordons qui la ferment. Elle ajoute que c'est celle qu'on offrait aux jeunes mariés dans son village :

— Cette cape, c'est pour te protéger et t'envelopper d'amour. Surtout n'oublie pas de transmettre la joie. Ton père était un feu de joie, et tu tiens de lui.

Un long silence s'installe. Je sens la fatigue et l'émotion nous gagner. Ma grand-mère s'en va. Elle montre le ciel de sa main droite et murmure :

— Il y a toujours une étoile qui brille pour qui sait regarder. Et toi, tu sais…

Tassadit est partie. Maintenant elle est partout. Dans les nuages, les fleurs, les champs… Et les libellules sont ses messagères.

Remerciements

Aux êtres aimés, vivants et disparus, qui m'ont accompagnée pendant l'écriture… et à ma grand-mère paternelle qui s'appelle vraiment Tassadit,

À Noëlle M., l'éditrice avec qui je suis « connectée » depuis mon premier livre et qui m'a offert le bonheur de retravailler avec elle,

Aux amies et amis qui m'ont soutenue (et j'en oublie certainement) : Alice D., Christian N., Claire M., Daniel L., Émilie B., Éric M., Fabienne L., Fabienne O., Jean-Michel V., Jérôme T., Lola M., Ludovic M., Robert A., Robert R., Thomas B., Valérie C., …

À Isaure A., Maria F. et Yvon B. pour leur œil avisé dans la lecture du manuscrit ou des épreuves,

À mes lecteurs, enfin, qui ont fait de *Coccinelle* un succès durable et qui m'ont encouragée à reprendre la plume. Puisse ce livre leur apporter de nouveau joie, espoir et réconfort.

Table des matières

1. Pauline 9
2. Aghdim 23
3. Aghdim 41
4. Mohand 57
5. Anna 69
6. Mohand 81
7. Aghdim et Mohand 95
8. Anna 109
9. Anna 123
10. Aghdim 155
11. Pauline 167
12. Mohand-Antoine 177
13. Pauline 189
14. Mohand 199
15. Pauline 205
16. Pauline 219
17. Tassadit et Pauline 225

Composition et mise en pages
par Facompo Lisieux

#lisez! engagé
www.lisez.com
Pour plus d'information :
Imprimé sur du papier issu de forêts gérées durablement.

Imprimé en France par CPI en mars 2023
N° d'édition : 65174/01 – N° d'impression : 173734